KB060908

해리 미용실의
네버엔딩 스토리

Never-ending story

박 현 숙 장 편 소 설

㈜자음과모음

차례

아빠가 내 곁을 떠났다 • 7

사진 • 19

해리 미용실을 찾다 • 31

기형이의 추측 • 42

부산 구경이나 제대로 하자 • 52

훔치는 것과 빌리는 것의 차이 • 62

아빠 • 72

불안은 커지고 • 82

안개꽃처럼 출렁이다 • 92

낯설지 않은 사진 속 여자 • 104

세상에 딱 하나뿐인, 그러나 둘인 • 116

잘라버리면 찾아오리라 • 128

유서만 있다면 • 139

허공에 돈을 날리다 • 149

'손으로 말해요' 동호회 • 160

기대고 싶은 또는 진짜 좋은 • 170

변호사의 회상 • 180

한밤중에 용식이 형이 • 191

봉투 • 201

사진첩 • 211

네버엔딩 스토리 • 221

작가의 말 • 233

아빠가 내 곁을 떠났다

아빠는 힘이 셌다.

쌀 포대쯤이야 서너 포대씩 식은 죽 먹기로 거뜬히 들었고 한 트럭분의 쌀을 누구의 도움도 받지 않고 혼자 내릴 수 있었다. 팥 자루든 콩 자루든 그 무게에 상관없이 아빠는 한 손으로 번쩍 들어 올릴 수도 있었다. 옛날에 태어났더라면 전국의 씨름판을 휩쓸고 다니며 상으로 받은 황소를 떼로 몰고 왔을 것이다.

아빠가 하고 있는 가게는 '장사 쌀집'이다. 아빠가 힘이 세서 그렇게 지었는지 어쩐지는 잘 모르지만 아빠와 꽤나 잘 어울리는 이름이다.

아빠는 살림도 잘했다.

아빠가 57세, 엄마 52세에 내가 태어났고, 내가 아홉 살 되던 해에, 그러니까 엄마 나이 60세 되던 해 봄, 엄마는 세상을 떠났다.

엄마는 늘 가슴이 답답하다고 했었다. 불이 날 것 같다며 가슴에 대고 부채질을 하곤 했었다. 소화도 잘 못 시키고 먹는 것을 자주 토해내고 하더니 위암으로 세상을 떠났다.

그 후로 아빠는 직접 밥도 하고 빨래도 하고 청소도 했다. 아빠는 반찬을 대충 만드는 법이 없었다. 예전에 영양사가 아니었나, 할 정도로 반찬 하나를 만들어도 영양을 꼼꼼히 따졌다. 덕분에 내 키는 쑥쑥 자랐다. 아빠도 70세가 넘었다고는 도저히 믿기지 않을 정도로 건강했다.

"내가 오래 살아야 태산이 다 커서 장가가는 거까지 볼 수 있다."

아빠는 이렇게 말했었다. 아빠의 건강으로 보아 장가가는 것뿐 아니라 내가 아들을 낳고 그 아들이 아들을 낳을 때까지 문제없이 살 수 있을 것 같았다.

나는 한 번도 아빠가 내 곁을 떠난다는 생각을 하지 않았었다. 정말 단 한 번도 그런 상상을 해본 적이 없다.

아침부터 쇳덩어리라도 녹일 기세로 햇볕이 내리쬐었다.

"아, 뜨거, 뜨거, 뜨거."

아침 조회를 시작하려는 찰나 교실로 뛰어든 기형이가 물에 빠졌다 나온 닭처럼 파닥거리며 요란을 떨었다.

"너는 또 지각이냐? 지각을 했으면 조용히 들어와야지 웬 발광이냐? 방학식 하는 날까지 반성문 쓰고 싶냐?"

막 출석부를 펼치던 담임이 그 큰 눈동자를 굴리며 못마땅해했다.

"선생님. 이것 보세요. 아침밥을 먹다가 팔뚝에 김치 국물을 떨어뜨렸거든요. 그런데 오는 도중에 김치찌개가 된 거 같아요. 냄새 한번 맡아보세요. 북극에 얼음은 다 녹아내리고 팔뚝에서 김치찌개가 끓는 이 더위에 이제 방학을 한다는 게 말이 되나요? 인공적이지 않은 자연의 힘으로 만들어진 음식이라 그런지 맛이 좋긴 하겠네요."

횡설수설! 말도 되지 않는 소리를 지껄이며 기형이는 혀로 팔뚝을 싹싹 핥았다. 그러면서 참을 수 없을 만큼 맛있는 음식을 먹는 것처럼 선생님을 향해 감동의 눈길을 보냈다.

"그럼 발가벗고 온몸에 간장을 바른 다음 밖에 나가 봐라. 네가 어떻게 변할지 무척이나 궁금하구나."

선생님이 한쪽 입 꼬리를 살짝 올리며 비꼬았다.

"선생님. 발가벗고 나가라니요? 그것은 성추행에 가까운 발언이라고 볼 수 있는데요."

기형이가 지지 않고 대꾸하는 찰나,

"바비큐……."

누군가 중얼거렸다. 그러자 순식간에 여기저기에서 웃음이 폭죽처럼 터지기 시작했다. 도저히 열여섯 살 몸매라고는 봐줄 수 없는 기형이었다. 불룩 나온 배며 세 겹으로 겹쳐지는 턱은 나이 들어 자기 관리 제대로 못한 게으른 오십 대 아저씨의 몸매를 연상하게 했다.

'바비큐'라는 한마디는 더는 설명이 필요 없을 만큼 아이들의 상상에 완벽한 도움을 주는 말이었다.

"너희들이 그런다고 내가 살을 뺄 줄 알았다면 큰 오산이지. 그러면 그럴수록 나는 더더욱 많이 먹을 테니까."

기형이가 브이 자를 만들어 보이며 히죽 웃었다.

"쓸데없는 말 그만하고 어서 자리로 들어가라."

기형이는 담임에게 등 떠밀려 자리로 들어왔다. 그 큰 엉덩이를 좌우로 흔들며 자랑스럽게 뒤뚱거리는 기형이 모습에 교실은 다시 웃음바다가 되었다.

"그래, 겉보기가 그리 중요한 것은 아니지. 기형이는 방학 동안 더 많이 먹고 부디 개학날 데굴데굴 굴러서 오길 바란다. 기형이 화이팅!"

담임이 기형이 뒤통수에 대고 악담인지 응원인지 모를 말을 했다. 그러자 기형이가 몸을 획 돌려 담임을 향해 또 브이 자를 만들어 보였다.

"선생님. 오늘은 몇 교시까지 하나요?"

기형이가 자리에 앉으며 물었다.

"시간표 안 봤나? 육 교시까지 한다."

"에이, 무슨 그런 서운한 말씀을. 오늘은 방학식 하는 날이잖아요? 오전에 마쳐야 하는 거 아닌가요?"

담임이 기형이 말에 대꾸하려고 막 입을 벌리려는데 전화벨이 울렸다.

전화를 받는 담임의 얼굴이 점점 어두워졌다. 입술을 겨우 벌려 오물거리며 '예, 예' 가라앉은 목소리로 대답했다. 뭔가 대단히 중요한 사건이 일어난 것 같았다. 그 짧은 순간 내 머릿속에는 여러 가지 일들이 떠올랐고 교실은 긴장감으로 팽팽해졌다. 최근 들어 잊을 만하면 학교와 세상을 떠들썩하게 만드는 일이 우리 학교에서 일어나고 있다.

석 달 전 2학년 여자아이가 다리에서 뛰어내렸다. 봄비답지 않게 거센 비가 사흘 연속 내리고 난 다음 날이었다. 강은 성난 괴물처럼 입을 벌리고 세상의 어떠한 것이라도 한 입에 꿀꺽 삼킬 기세였다. 그 괴물의 입 안으로 여자아이는 자진해서 들어갔다. 키가 유난히 작고 말랐던 아이였다. 그 아이가 왜 그런 선택을 했는지 뒷말은 매우 무성했다. 유난히 왜소한 몸집으로 학교 폭력에 시달렸다느니, 가정적으로 문제가 있었다느니, 자꾸 떨어지는 성적에 비관했다느니. 하지만 정확한 원인은 지금도 밝혀지지 않고 있다.

그러고 난 후 두 달 뒤, 지난달에는 1학년 남자아이가 사라졌다. 학교를 마치고 집으로 돌아가는 걸 누군가 봤다고 하는데 쥐도 새도 모르게 사라져버렸다. 그리고 한 달이 지난 지금껏 돌아오지 않고 있다. 누군가에게 납치를 당한 것인지 아니면 가출을 한 것인지, 그것도 밝혀지지 않은 상태다.

교실 안에 맴도는 긴장감만큼 아이들 표정도 굳어졌다. 혹시 그런 일이 또 일어난 것은 아닐까, 몇몇은 교실을 둘러봤다. 결석생이 있는지 확인하는 것이다.

계속 '예'라고 대답만 하던 담임이 전화를 끊었다. 아이들 눈이 동시에 담임 입을 향했다.

"강태산."

담임이 내 이름을 불렀다. 안간힘을 써서 턱을 치켜 든 담임의 눈이 벌겋게 충혈되어 있었다. 순식간에 수십 개의 눈이 나에게 쏠렸다. 온몸이 화끈거릴 정도로 강렬한 눈빛들이었다.

"집에 가 봐라."

세상에 어떤 것이 지금 담임의 목소리처럼 무거울까. 나는 물먹은 솜처럼 눌린 담임의 목소리에 불안해졌다. 엉겁결에 일어서는데 다리에 힘이 쪽 빠졌다.

교실은 고요했다. 창문을 뚫고 들어온 햇살의 움직임까지도 고스란히 들릴 정도였다.

위잉 위잉 위잉.

햇살은 내 귀 주변을 집중적으로 돌았다. 그 소리에 마취되는 것처럼 정신이 아득해졌다.

"어서 가 봐야겠다."

담임의 목소리가 햇살의 움직임에 부딪쳐 귓전에 쏟아져 내렸다.

"왜, 왜요?"

기형이가 대신 물었다.

"아버지께서…… 아버지께서…… 돌아가셨단다."

가슴 중간에서 뭔가가 와르르 무너졌다. 무너진 것들은 파도를 타듯 울렁거리며 내 속을 헤엄쳐 다녔다. 그러자 멀미를 하듯 속이 메스껍고 어지러웠다.

그다음은 잘 생각이 나지 않았다. 정신을 차렸을 때 나는 이미 집에 와 있었다. 내 옆에는 기형이가 있었다. 아빠는 병원으로 옮겨졌다고 했다.

"내리막길에 세워둔 트럭이 안전브레이크가 풀린 모양이더라. 그때 하필이면 거길 지나갔으니, 원. 트럭이 어찌나 쏜살같이 내려오는지 누구라도 피하기는 힘들었을 거다. 그 양반만 그 지경이 된 게 아니라 지나가던 자동차도 트럭에 부딪혀 사람이 다쳤고 자동차와 부딪친 다음 트럭이 주유소도 덮쳤지 뭐니. 에이구."

상황을 들려주는 떡집 아줌마는 얼마나 울었는지 눈이 팅팅 부어 있었다.

사고가 난 곳은 바로 가게 앞 큰길이었다.

아빠는 그렇게 내 곁을 떠났다. 단 한 번도 상상해본 적 없는 일이 일어난 것이다.

나에게는 이렇다 할 친척이 없었다. 아빠는 형제가 없었고 엄마의 형제는 아주 먼 시골에 사는데 무슨 이유에서인지 왕래가 거의 없었다. 엄마가 살아 있을 때도 마찬가지였다.

거기에다 나 또한 다른 형제가 없었다. 원래 나와 나이 차가 많이 나는 누나가 한 명 있었다고 한다. 하지만 오래전 어떤 사고로 세상을 떠났다고 했다. 무슨 사고였는지, 어쩌다가 사고를 당했는지 궁금하기도 했지만 엄마와 아빠는 내가 누나에 대해 궁금해하는 것을 무척 싫어했다. 나는 말 그대로 어느 날 갑자기, 아무런 예고도 없이 고아가 되었다.

아빠 장례식은 떡집 아저씨가 처리해주었다. 내가 두 살 때 이 동네로 이사 와 '장사 쌀집'을 열 즈음 같이 문을 연 떡집이었다. 그 후로 아빠에게 형님이라고 부르며 가장 친하게 지내던 아저씨다.

"그러니까 말이다. 장사 쌀집은 팔지 말고 그냥 두는 게 좋겠다, 이거지. 점원 한 명 두고 장사하면 그냥저냥 해나갈 수 있을 것 같다. 내가 살살 봐주면 크게 어려움은 없을 거다. 물론 주인이 있는 거보다야 장사가 잘 되지는 않겠지만 그렇게 해서 태산이 너 대학도 가고 그러면 좋겠다. 대학 졸업하고 나면 그때 가서 팔든가, 어쩌든가. 요새는 마트에서 쌀을 사는 사람이 많기는 해도 너희 아빠가 워낙 좋은 쌀만 팔았기 때문에 단골이 꽤 많아. 그리고 지금 팔아봐라. 태산이 네가 지낼 집도 다시 구해야 하고 여러 가지로 더 복잡해질 수 있어."

아빠의 장례식을 치르며 떡집 아저씨는 나를 잡고 내가 앞으로 어떻게 살아가야 할지 의논했다.

"또 돈이라는 거는 날개가 달린 놈처럼 훨훨 잘 도망간단다. 돈을 갖고 있으면 쓰게 되고 그러면 나중에 태산이 네가 꼭 필요할 때 쓸 돈이 없어진단 말이야. 그리고 또 네가 돈이 있다는 소리가 들려봐라. 어디 살고 있는지 모를 친척 나부랭이들이 용케 알고 들이닥치지. 그러니까 누가 뭐라고 꼬드겨도 장사 쌀집은 지켜야 한다는 말이야."

나는 떡집 아저씨 말대로 하기로 했다. 이제 겨우 열여섯 살 먹은 내가 집을 판 큰돈을 관리할 수도 없었고 더 큰 이유는 장사 쌀집을 팔고 싶지 않았다. 장사 쌀집은 영원히 아빠의 쌀집이어야 할 것 같았다.

아빠가 아침마다 문을 열고 빗자루로 싹싹 쓸며 청소하던 쌀집에 다른 사람의 손때가 묻는다는 것은 상상도 할 수 없는 슬픔이었다.

떡집 아저씨는 내 손을 꼭 잡고 어떠한 경우에도 꿋꿋하게 살아내야 한다고 말했다.

떡집 아저씨가 유골함도 알아보고 납골당도 알아봤다. 아빠 수의는 얼마짜리를 하고 관은 어떤 것을 쓸 건지도 일일이 챙겼다.

내가 아빠와 영영 이별하는 날은 육십 년 만에 찾아온 더위가 기승을 부렸다. 나는 눈물만큼의 땀을 흘리며 아빠를 보냈다. 납골당 '2c바'라는 곳에 아빠 유골함을 넣으며 꽉 막힌 이곳에서 여름을 보낼 아빠가 걱정이었다. 나는 아빠를 두고 쉽게 돌아서지 못했다. 돌아서서 한 발 떼면 나를 부르는 아빠 목소리가 발목을 잡았다. 태산아, 태산아. 나는 놀라 아빠 유골함을 바라봤고 환청이라는 걸 몇 번이나 확인하고 나서야 떡집 아저씨 손에 이끌려 밖으로 나왔다.

장례식이 끝나고 집으로 돌아왔을 때 떡집 아저씨 말이 틀리지 않았다는 걸 알 수 있었다.

여태껏 단 한 번도 얼굴을 본 적 없는 엄마의 사촌 동생이라는 사람이 찾아왔다. 촌수를 따지면 나에게는 오촌 아저씨가 된다고 했다.

"집안에 어른이 없으니 내가 다 알아서 하마. 태산이라고 했니?

너는 지금부터 내가 하라는 대로만 하면 된다."

오촌 아저씨는 뒷짐을 지고 쌀집을 둘러보고 안채를 여기저기 살피며 다녔다.

"오촌 아저씨가 신경 쓰지 않아도 될 텐데요."

떡집 아저씨는 그런 오촌 아저씨를 못마땅한 눈으로 바라봤다. 떡집 아저씨가 그러거나 말거나 오촌 아저씨는 당장 쌀집을 팔아야겠다고 했다. 어차피 쌀집이라는 게 없어지는 추세이니 이참에 파는 게 낫다는 거였다. 그리고 나에게는 오촌 아저씨네 집으로 들어오라고 했다.

"이 쌀집은 안 팔아요."

나는 어림없다는 투로 딱 잘라 말했다.

"암만, 팔면 안 되지."

떡집 아저씨가 맞장구쳤다. 그러자 오촌 아저씨는 세상 물정 모르는 아이에게 접근해서 한몫 잡으려는 나쁜 사람들이 우글거리는 곳이 세상이라며 떡집 아저씨를 몰아세웠다.

"내가 그런 사람으로 보이오?"

떡집 아저씨는 기막힌 듯 헛웃음을 웃었다.

"세상에 착한 가면을 쓴 사람이 얼마나 많은데. 그 얼굴이 가면인지 아닌지는 시간이 지나야 나타나는 법이지."

"참말로 내가 더러워서 못살겠네. 내가 어딜 봐서 그런 사람으로 보이우? 우리 형님이, 그러니까 태산이 아빠가 미리 유서를 써 놓으셨소. 이런 날이 올 거라고 미리 대비를 했는지 어쩌는지 모르겠지만 유서에 모든 재산에 대한 권리는 태산이에게 맡긴다고 써났다고 했는데, 태산아! 네가 한번 찾아봐라. 이 양반이 집 안을 뒤지게 하면 안 되니까 지금 바로 시작해. 내가 이 양반을 꼭 지키고 있을 테니까."

떡집 아저씨는 주먹을 불끈 쥐고 오촌 아저씨 앞을 막아섰다. 나는 떡집 아저씨 말대로 집 안을 뒤지기 시작했다.

아빠의 유서! 정말 그런 게 있다면 얼마나 다행인가. 아빠가 길을 일러준 대로 가면 되니 지금보다 훨씬 덜 막막하겠지.

아빠의 유서는 찾을 수 없었다. 빨간색 보자기에 싸인 종이 상자 안에는 집문서와 통장, 그리고 도장은 있었지만 유서 같은 것은 없었다. 그 외에 사진 한 장이 들어 있었다.

하지만 나는 오촌 아저씨 앞에서 유서를 찾아 읽은 것처럼 행동했다. 어쩌면 유서는 떡집 아저씨가 만들어낸 말일 수도 있다는 생각이 들었다. 떡집 아저씨는 내가 이렇게 하는 것을 바라고 있었을 수도 있다는 말이다.

"잘했다."

오촌 아저씨가 돌아간 뒤 떡집 아저씨가 내 손을 꼭 쥐고 말했다.

사진

아빠가 없는 동네는 모든 것이 달라 보였다. 자동차가 오가는 길과 매일 보는 간판들. 아침저녁으로 만났던 사람들까지 낯설었다. 골목으로 불어오는 바람에서도 낯선 냄새가 났다.

나는 가만히 앉아 있다가도 불쑥불쑥 알지 못할 두려움에 몸을 떨었다. 내가 가진 모든 것을 다 잃은 것 같은 상실감도 시시때때로 찾아왔다. 나 혼자서는 살 수 없을 것이라는 공포 같은 것이었다.

밥은 떡집에서 먹었다.

"이렇게 되었다고 해서 공부를 게을리하면 안 되는 거다. 어여 마음 추스르고 학원도 다니고 해야지. 시간이 약이다. 시간이 지나면 괜찮아질 거다."

사진 19

떡집 아저씨는 집 안에만 있지 말고 자꾸 밖에 나가 콧구멍에 바람을 넣어야 한다며 올 때마다 나를 방에서 밀어냈다.

하지만 시간이 지나면 지날수록 나는 더 아빠가 보고 싶었다. 잠을 자다가도 벌떡 일어나 아빠 냄새를 찾아 집 안을 돌아다녔다. 아빠가 앉았던 식탁 의자에 코를 대고 킁킁거렸고 아빠가 덮었던 이불을 뒤집어쓰고 밤새 울었다. 그러면서도 나는 시간이 약이기를 바라지 않았다. 도리어 시간이 아빠 냄새를 가져갈까봐 걱정되었고 시간이 또렷한 아빠 모습을 앗아갈까 두려웠다.

떡집에서 저녁을 먹고 집으로 돌아와 종이 상자를 열었다.

"강태산!"

그때 아무런 인기척도 없이 벌컥 문이 열렸다. 기형이었다. 옷은 땀으로 젖어 몸에 달라붙었고 머리도 땀으로 흠뻑 젖어 있었다. 어딜 돌아다니다 온 모양이었다.

"여기에 찜질방 개업했냐? 더워 죽겠는데 문은 왜 닫아놓고 있냐? 아이고, 숨 막혀."

기형이는 이맛살을 있는 대로 찌푸리며 방 안으로 들어왔다. 기형이에게서 땀 냄새가 물씬 풍겼다.

"뭐 하냐?"

기형이는 내 옆에 털썩 앉으며 내가 들고 있는 사진을 보려고 했다. 나는 얼른 사진을 등 뒤로 감췄다.

"아, 새끼. 무슨 사진이기에 감추고 난리냐? 좀 보자."

기형이는 온몸을 던져 내가 들고 있던 사진을 빼앗았다. 뺏기지 않으려고 안간힘을 썼지만 기형이 힘을 당할 수는 없었다. 기형이는 이마에 줄줄 흐르는 땀을 손등으로 훔치며 사진을 들여다봤다.

"이게 뭐냐? 나는 감추고 난리를 치기에 요상한 사진인 줄 알았더니."

기형이는 김빠진 표정으로 사진을 방바닥에 내려놓았다. 나는 방바닥에 놓인 사진을 뚫어져라 바라보았다. 중요한 것을 넣어놓는 상자 안에 고이 들어 있던 사진. 그리고 나를 더 궁금하게 하는 것은 사진 뒤에 적힌 글씨였다.

태산아. 꼭 여기를 찾아가라.

"해리 미용실! 여기가 어디냐?"

기형이가 손가락으로 사진을 짚으며 물었다. 나도 모른다. 해리 미용실이 어디에 있는 건지 왜 아빠가 해리 미용실이 찍힌 사진을 간직하고 있었고 나에게 거기를 찾아가라고 한 건지.

"태산이 너 혹시……."

멍하니 앉아 무슨 생각인지 골똘히 하던 기형이가 갑자기 눈을 갸름하니 뜨고 나를 바라봤다.

사진 21

"미용실 하려고 그러는 거냐? 미용사에 관심 있는 거냐고?"

하여간 생각하는 거하고는.

"태산이 너, 손재주 좋잖아? 뭐든 만드는 거는 일등이잖아. 아마 빠마 하는 거 배워 미용실 열면 전국의 아줌마들이 줄을 설걸? '태산 오빵, 태산 오빵, 내 머리 빠마부터 해줭' 이러면서. 히히히. 내말이 맞지? 너 미용사 되려고 그러는 거지?"

"아니거든."

나는 사진을 집어 상자 안에 넣었다.

"아니긴 뭐가 아니냐? 공부하기 싫으니 이참에 미용사로 나서려는 거지. 강태산! 너 그러는 거 아니다. 그러면 불효자야. 니네 아빠가 너한테 얼마나 기대를 많이 했냐? 학원에도 날마다 아이스크림 간식으로 가져오셨잖아. 겨울에는 군고구마 싸와 나눠주시고. 그러면서 학원 선생님들한테 '우리 태산이 좋은 대학 가게 열심히 좀 가르쳐주소' 이랬잖아. 너 니네 아빠 생각하면 공부를 해야지 공부를. 미용사가 되어도 대학교를 졸업하고 나서 되어야지."

기형이가 어른처럼 말했다. 기형이 말을 듣자 또 아빠가 못 견디게 보고 싶었다.

기형이는 계속 연설을 늘어놨다. 연설의 대부분은 아빠의 뜻을 받아들여야 효자라는 말이었지만 중간 중간 효미 이야기도 섞였다.

"태산이 네가 힘든데 이런 말 하기는 뭐 하지만 말이야. 효미가 너를 바라보는 눈이 암만해도 요상하단 말이야. 너는 그런 거 못 느꼈냐?"

못 느꼈다. 나는 기형이가 효미 얘기를 할 때마다 있는 대로 인상을 썼다. 지금 내 머릿속은 온통 아빠 생각으로 꽉 차 있다. 효미 따위가 파고 들어올 공간이 없다.

"그런데 효미 그 애는 생긴 거는 미스 월드인데 왜 그렇게 공부를 못하냐? 초등학교 때부터 쭉 꼴찌였을걸? 하긴 하느님이 모든 걸 다 주시지는 않지. 평등하신 하느님이지."

주절주절. 기형이의 끝없이 이어지는 말에 슬슬 짜증이 날 무렵 기형이는 하품을 해대며 돌아갔다.

기형이가 돌아가기 무섭게 휴대전화가 울렸다.

"태산아, 선생님이다."

담임이었다.

"잘 지내고 있지? 찾아가 봐야 하는데 선생님이 지금 교육을 와 있거든. 내일이면 돌아간다."

아빠 장례식 동안 담임은 사흘 내내 찾아왔었다. 담임은 아빠 발인까지 지켜봤다.

"내일 너한테 갈 건데 말이다. 만나서 얘기해도 되겠지만 네가 오늘 밤에 생각 좀 해보라고 미리 전화했다. 방학 동안만이라도 우리 집에 와서 지내는 거는 어떻겠니? 나 혼자 살고 있으니까 그리

사진 23

불편하지는 않을 테고 같이 지내면 나도 그렇고 너도 덜 심심할 텐데 말이다. 방학 중에 여행 계획도 있는데 같이 가면 좋겠고."

담임 목소리에서 진심이 느껴졌다.

"생각해볼게요."

나는 절대 아빠 냄새가 나는 이 집을 한시도 떠나지 않을 거다. 하지만 담임의 진심을 단번에 자르기는 좀 그랬다. 담임은 내일 오후에 찾아오겠다는 말을 남기고 전화를 끊었다.

"태산이 자나?"

막 자려고 하는데 떡집 아저씨가 쟁반 가득 수박을 썰어 들고 왔다.

"내가 쌀집에서 일할 사람을 구해봤는데 말이다. 괜찮은 사람을 구했다. 저기, '황금 목욕탕'에서 때밀이를 하던 용식이라고, 너도 알지?"

"예, 알아요."

용식이 형이라면 나도 잘 알고 있다. 약간 지능이 떨어지고 말을 어눌하게 하는 형이었다. 하지만 때 미는 것만은 타의 추종을 불허했다. 때를 미는 용식이 형의 손에서는 장인의 손길이 느껴진다고 사람들이 말했다. 용식이 형은 마음도 착해 힘없는 노인들이 오면 돈을 받지 않고도 등을 밀어주었다. 그런데 지난봄, 용식이 형은 목욕탕에서 미끄러져 넘어지며 머리를 세게 박았는데 그

때의 트라우마로 더는 목욕탕에 발을 들여놓지 않는다고 했다. 그
후로 용식이 형 얼굴을 본 적이 없었는데 어디서 찾아냈을까.

"용식이만큼 성실한 사람을 찾아내기 힘들어."

떡집 아저씨 말이 틀리지 않다.

"우리 쌀집에서 일하겠다고 해요?"

그게 문제다. 트럭에서 쌀 포대를 내리고 배달하고 그게 결코
쉬운 일은 아니다. 때 미는 일보다 몇 곱절 힘든 일일 수 있다.

"용식이가 말이다, '장사 쌀집'이라고 하니까 단박에 오케이했
단 말이다. 형님이 때는 밀지 않았어도 가끔 용식이한테 음료수도
사주고 정을 준 모양이더라."

"예, 그랬어요."

나는 고개를 끄덕였다. 아빠는 언제나 싱글벙글 웃는 용식이 형
을 좋아했다. 그래서 시원한 음료수를 곧잘 사주곤 했었다.

"어때? 용식이 쓸까?"

나는 대답 대신 손가락으로 동그라미를 만들어 보였다. 떡집 아
저씨가 오랜만에 너털웃음을 웃었다. 손가락으로 찬성의 뜻을 밝
히는 것은 아빠가 잘 하던 행동이었다.

떡집 아저씨가 돌아간 후 나는 다시 사진을 꺼냈다.

'해리 미용실.'

여기가 어디기에 찾아가라고 했을까? 아빠가 남긴 비밀, 어쩌면

사진 25

내가 파헤쳐야 할 비밀일지 모른다. 집문서, 통장과 함께 들어 있던 만큼 나에게는 상당히 중요한 일일 수도 있다.

'해리.'

어디서 들어본 것 같기도 하고.

흰색 바탕에 파란색 글씨의 간판은 세련된 것과는 거리가 멀었다. 도시 변두리나 시골에 있음직한 미용실이라는 생각이 들었다. 순간 내 눈이 전화번호에 멈췄다.

해리 미용실 전화번호 앞에는 지역번호가 있었다.

'051.'

나는 검색을 통해 '051'이 부산의 지역번호라는 걸 알아냈다.

부산! 나는 단 한 번도 아빠가 부산에 가봤다는 말을 하는 걸 들어본 적이 없다. 부산에 아는 사람이 산다는 말도 들어본 적이 없다.

나는 휴대전화를 들고 숨을 크게 들이쉬었다. 나도 모르게 침이 꼴깍 넘어갔다.

나는 천천히 해리 미용실의 전호번호를 눌렀다. 무턱대고 찾아가기 전에 전화부터 해보는 게 순서일 듯했다.

띠리리 띠리리리~.

전화 신호음이 들리자 갑자기 가슴이 쿵쾅거리기 시작했다. 전화해서 뭘 물어봐야 할지 미처 생각하지 못했다. 나는 얼른 전화를 끊었다.

'뭐라고 물어볼까? 아빠 이름을 대며 어떻게 아는 사이냐고 물어야 하나? 아는 사이라고 하면 그다음은 뭐라고 해야 하지? 아빠가 미용실 사진을 가지고 있다가 꼭 찾아가 보라고 하는데, 그 이유를 아느냐고 물어야 하나? 아니지, 그냥 아는 사이냐고만 묻고 끊지 뭐. 그다음은 다음에 다시 생각하고.'

나는 다시 전화번호를 눌렀다. 하지만 신호음이 끊기도록 전화를 받지 않았다. 밤 열한 시. 미용실 문을 닫았을 시간이었다.

아침 아홉 시부터 십 분 간격으로 전화를 해댔다. 한번 전화를 해야겠다고 마음먹자 공연히 마음이 급해졌다.

"여보세요?"

열 시가 조금 넘자 드디어 전화를 받았다. 나이가 제법 들어 보이는 여자 목소리였다.

"여보세요. 저기 뭐 여쭤볼 게 있어서요. 혹시 강도식 씨라고 아시는지요?"

나는 재빠르게 준비했던 말을 했다.

"뭐라고? 뭘 아느냐고? 나는 놀러 온 사람이라 무슨 말인지 잘 모르겠고, 미용사 양반은 지금 손님 머리 감기고 있어서 전화 못받는다. 여기 위치를 묻는 거가? 여기 대학병원 위에 위에 골목 아

사진 27

이가. 형제 목욕탕 있제? 그 목욕탕 옆집에 있는 미용실이다. 그러니까네, 지금 있는 곳이 어디고? 어딘가 알면 내가 더 자세하게 오는 길을 알려줄 수 있는데. 와? 머리 깎을라고 하나……?"

나는 여자가 말을 하고 있는 도중에 전화를 끊어버렸다. 말이 많아도 저렇게 숨도 안 쉬고 말하는 사람은 처음 봤다. 거기에다 말투가 이상해서 하는 말을 반은 알아듣고 반은 알아들을 수가 없었다.

여기가 서울이라고 말하면 찾아가는 길을 자세하게 말해줄 수 있나? 그 생각을 하자 피식 웃음이 나왔다.

사진을 상자 안에 넣으며 나는 멈칫했다.

"그냥 가볼까?"

전화를 해서 물어보는 것보다 직접 찾아가는 편이 더 나을지도 모른다. 전화로 물어보는 것은 뭐든 한계가 있다. 그래, 그러자.

나는 당장 떡집 아저씨를 찾아갔다.

"뭐라고? 친구 집에 가 있겠다고? 친구 누구? 몇 밤 자고 올 건데?"

떡집 아저씨는 막 나온 인절미를 잘라 콩고물을 묻히며 물었다.

"기형이요. 한 밤, 아니 두 밤 정도 자고 올 거예요."

친구 누구냐고 물어볼 줄은 몰랐다. 엉겁결에 튀어나온 이름이 기형이었다. 그리고 나도 모르게 두 밤이라는 말도 나왔다. 부산은 먼 곳이고 또 부산에 도착해서도 '해리 미용실'을 찾아야 하니까 넉넉한 시간이 필요할 것 같았다.

"아하, 그 보기만 해도 답답한 아이 말이지? 너랑 제일 친하다면서? 형님이 기형인지 그 애한테 떡깨나 사줬지. 친구 집에 가 있는 것도 좋긴 좋은데 말이다. 내가 걱정이 되니까 기형이 집 전화번호 좀 적어놓고 가. 아니면 그 애 휴대전화 번호라도."

아, 번호를 적으라고 할 줄은 또 몰랐다. 나는 하는 수 없이 기형이 휴대전화 번호를 적어주었고 떡집 아저씨는 호주머니에 넣었다.

"그 애가 먹는 거를 엄청 좋아하던데 갖다줘라."

떡집 아저씨는 인절미를 한 봉지 담아주었다.

혹시 떡집 아저씨한테 전화 오면 나, 니네 집에 있다고 해.

급하게 기형이에게 문자를 보냈다.

나는 지하철을 타고 서울역으로 갔다. 그리고 부산으로 가는 고속 열차표를 샀다.

너, 어디 가는데?

막 기차에 올라타는 순간 기형이에게서 문자가 왔다.

사진 29

한 밤이나 두 밤 자고 올 거니까 혹시 전화 오면 그렇게 말해.

자고 온다고? 어디 가는데 자고 와?

갔다 와서 말해줄게.

새끼야, 어디 가느냐고? 어딜 가기에 외박이야?

나는 휴대전화를 꺼버렸다.

해리 미용실을 찾다

부산까지 두 시간 사십 분 정도 걸렸다. 부산은 생각보다 멀지 않았다. 나는 창가 자리에 앉아 빠르게 지나가는 바깥을 바라봤다. 낯선 도시, 낯선 풍경들이 펼쳐지면서 문득 두려움이 밀려왔다. 내가 잘하고 있는 건가? 꼭 찾아가 보라고는 했지만 아무런 사전 정보도 없이, 그곳에 살고 있는 사람이 누군지도 모르면서 무턱대고 나선 게 과연 잘하는 짓인가.

옆에는 거대한 몸집의 남자가 앉았다. 타자마자 코를 골며 자기 시작하는데 마치 코끼리 허벅지를 연상시키는 팔뚝이 자꾸 내 자리를 침범했다. 나는 기형이가 지금의 식성을 유지하며 별일 없이 큰다면 훗날 저 남자처럼 될 거라고 생각했다.

"아!"

기차가 대전역에 섰다 출발하는 순간 나는 정신이 번쩍 들었다. 사진, 사진을 가져오지 않았다. 나는 재빠르게 휴대전화를 꺼내 최신 기록을 검색했다. 해리 미용실에 여러 번 전화를 했으니 기록이 남았을 거다. 아차, 이런! 최신 기록을 모두 삭제했다. 모든 흔적은 그 자리에서 없애버리는 버릇 때문이었다. 그 버릇은 기형이 때문에 생겼다. 효미가 가끔 나한테 전화를 할 때가 있었다. 나는 그걸 기형이에게 비밀로 했었는데 기형이는 몸집과는 달리 눈치는 제법 있는 탓에 내 휴대전화를 털어 증거를 찾아내려고 했다. 효미와의 통화가 별거는 아니지만 기형이 질문에 일일이 대답하는 것이 귀찮아 증거를 바로 그 자리에서 없애버렸던 거다.

'어쩌지?'

그렇다고 다시 집으로 돌아갈 수도 없고. 머리를 있는 대로 굴려 방법을 생각했다.

그래, 114! 재빨리 051-114를 눌렀다.

"죄송합니다. 해리 미용실은 등록되어 있지 않습니다."

하지만 돌아온 답은 이랬다.

나는 아까 통화하면서 여자가 했던 말을 골똘히 생각했다. 대학교라고 했나, 대학병원이라고 했나?

크으응 크르릉.

생각이 날 듯한 바로 그 순간 옆에 앉은 남자가 호랑이 울부짖는 소리를 냈다. 그러더니 금방이라도 숨이 넘어갈 듯 껄떡거렸다. 자기 집 안방도 아니고 저렇게 깊게 잠들 수 있다는 게 신기했다. 남의 시선 아랑곳하지 않고 마음껏 코를 고는 남자를 깨워 성격 테스트라도 하고 싶어졌다.

대학병원이었나, 대학교였나? 억양만 이상하지 않았어도 정확하게 알아들을 수 있었을 텐데.

기차가 동대구역에 도착했다. 기차 천장이 들썩일 정도로 코를 골며 자던 남자가 기차가 역에 도착하는 순간 눈을 번쩍 떴다. 그러고는 조금의 망설임이나 두리번거림 없이 벌떡 일어나 가방을 들고 출입구로 향했다. 자면서도 방송은 정확하게 듣고 있었던 모양이다.

거대한 남자가 내리자 속이 확 트이는 것 같았다. 그러자 머릿속도 맑아졌다.

'대학병원이라고 했던 거 같다.'

나는 결론을 내렸다.

울산역.

대부분의 사람들이 내렸다.

멀리 소 그림 팻말이 세워져 있었다. 팻말에는 '한우의 고장 언양'이라고 쓰여 있었다. 아빠는 소고기를 무척 좋아했는데. 잠시 잊고 있었던 아빠에 대한 그리움이 밀려왔다. 눈물 때문에 커다란 소 얼굴이 희미해졌다.

아아, 왜 그랬던가! 나는 불과 한 달 전 있었던 일에 대한 후회가 밀물처럼 밀려왔다. 아빠와 오랜만에 갈비를 먹으러 갔었다. 그날따라 왜 그렇게 갈비가 당기는지 아빠는 굽고 나는 계속 먹기만 했다. 내가 구울걸. 아빠에게 좀 많이 먹으라고 할걸.

부산역에 내렸다. 짭짤하고 비릿한 바다 냄새가 코밑을 밀고 들어왔다. 나는 해리 미용실에서 전화를 받았던 여자와 똑같이 말하는 사람들을 헤치며 계단을 올라갔다. 목소리도 크고 말도 빠르고. 반은 알아듣고 반은 못 알아듣겠다.

나는 '부산 관광지 안내'라는 팻말이 붙은 곳으로 가서 대학병원이 어디에 있는지 물었다.

"어느 대학병원을 말하나요?"

안내하는 사람이 물었다. 어느 대학병원이라니, 그럼 대학병원이 몇 개나 된다는 말인가? 나는 멍하니 그 사람 얼굴을 바라봤다.

"부산대학병원이 있고 동아대학병원도 있어요. 어느 곳을 말하나요?"

두 군데라니 다행이다. 열 개라면 어쩔 뻔했담.

"어디가 가까운가요?"

가까운 곳부터 찾아보는 게 나을 것 같았다.

"비슷해요. 택시 타면 넉넉잡아 십 분 정도. 역 광장으로 나가면 택시 승강장이 있습니다. 아니면 지하철을 이용하셔도 되고요."

나는 택시를 타기로 마음먹었다. 지하철을 타면 길을 물어야 할 상황이 발생할 수도 있다. 말을 전부 알아들을 자신이 솔직히 없다.

광장에서 택시를 탔다. 나는 택시 기사 아저씨에게 동아대학병원으로 가달라고 했다. 부산대학병원이 아닌 동아대학병원을 택한 특별한 이유는 없다. 내가 탄 택시가 공교롭게도 '동아택시'였다. 그래서 나도 모르게 그렇게 말했다.

나는 택시에 앉아 해리 미용실에서 전화를 받았던 여자가 했던 말을 되짚어봤다. 대학병원 옆이라고 했던가? 무슨 목욕탕이 있다고 한 것 같은데. 생각이 미처 끝나기도 전에 택시는 동아대학병원에 도착했다.

나는 목욕탕을 찾았다. 대학병원 옆, 위, 밑. 대학병원 주변을 샅샅이 뒤졌다. 하지만 대학병원 가까운 곳에는 목욕탕이 없었다. 편의점에 들어가 근처에 목욕탕이 있느냐고 물었다. 대학병원 가까이는 아니고 큰길 근처에 하나 있다고 했다.

나는 물어물어 목욕탕을 찾아갔다. 첫 번째로 물어본 사람은 허리가 꼬부라진 할아버지였다.

"아, 목욕탕, 목욕탕을 찾는다는 말이제? 가까븐 데는 목욕탕이 없을 긴데. 저만큼 떨어져 있다 아이가? 그기라도 일러주까, 싫나?"

대체 뭔 말인지. 나는 할아버지에게 허리를 숙여 인사하고 잽싸게 돌아섰다. 두 번째는 아줌마였는데 무뚝뚝한 아줌마는 아무 말 없이 턱으로 먼 곳을 가리켰다.

"나, 목욕탕 아는데."

아줌마가 하는 모양을 지켜보던 지나가던 아이가 말했다. 내가 만났던 부산 사람 중에 발음이 제일 또렷했다.

"따라와 봐."

아이는 과자봉지를 움켜쥐고 쪼르르 달려 앞장섰다.

목욕탕은 헬스장과 같이 하는 곳이었다.

'센트럴 헬스 요가 목욕.'

센트럴? 아닌 것 같다. 전화를 받았던 여자가 말한 목욕탕 이름은 확실하게 기억은 나지 않지만 분명 한국말이었다.

나는 다시 택시를 타고 부산대학병원으로 향했다. 동아대학병원에서 부산대학병원까지는 그리 멀지 않았다.

"요새는 양산에 새로 생긴 부산대학병원이 있다 아이가. 그쪽으로 사람들이 많이 가니께 요쪽은 헐렁하다."

그냥 운전만 해서 가면 고맙겠는데 기사아저씨는 자꾸 말을 시켰다. 나는 무조건 예 예, 하며 웃어 보였다.

택시에서 내리자 진한 바다 냄새가 났다. 바람이 불 때마다 파도라도 치듯 바다 냄새가 출렁거렸다.

나는 부산대학병원 앞에 섰다. 그곳을 중심으로 옆, 뒤, 앞. 샅샅이 뒤져볼 작정이었다.

마음을 굳게 먹었는데 의외로 쉽게 일이 풀렸다. 주택이 많을 것 같은 대학병원 뒤쪽 골목으로 접어들자 저만큼 목욕탕이 보였다.

'형제 목욕탕.'

나는 목욕탕 간판을 보는 순간 눈앞이 확 트이는 느낌을 받았다. 맞다, 형제 목욕탕이라고 한 것 같다. 형제 목욕탕 주변을 두리번거리던 내 가슴이 쿵쿵 뛰기 시작했다.

'해리 미용실.'

해리 미용실 간판이 보였다. 사진과 똑같은 모습이었다. 전혀 세련되지 않은 간판과 유리 선팅.

나는 숨을 가다듬고 해리 미용실로 다가갔다. 짙은 선팅으로 유리를 막아놓아 안을 엿볼 수는 없었지만 간간이 웃음소리가 들리는 걸로 보아 안에 사람이 있는 거 같았다.

끼이익.

미는 문이나 당기는 문이라면 좋았을 것을. 그러면 문을 열 때 이런 괴상망측한 소리는 들리지 않았을 거다. 전혀 기름칠을 하지 않은 것 같은 미닫이문을 미는 순간 나는 그 소리에 깜짝 놀라 멈칫거리지 않을 수 없었다.

웃음소리가 뚝 멈추고 안에 앉아 있던 사람들의 눈이 나에게로 향했다. 머리에 보자기를 뒤집어쓴 여자 두 명이 아직 웃음기가 흐르는 입술을 오므리고 나를 바라봤다. 보자기를 써서 그런지 아줌마인지 할머니인지 나이를 가늠하기 힘들었다. 그리고 의자에는 대여섯 살로 보이는 꼬마 아이가 목에 수건을 두르고 앉아 있었다.

"빨리 들어오지 않고 뭐 하노? 에어컨 바람 다 나간다."

보자기를 뒤집어쓴 여자 중 한 명이 소리를 버럭 질렀다. 나는 엉겁결에 안으로 들어가 문 앞에 우뚝 서 있었다.

"머리 깎으러 왔나?"

소리 질렀던 여자가 물었다. 얼굴을 자세히 보니 할머니였다. 그 옆에 여자는 할머니보다 조금 젊어 보였다.

"머리 깎으러 온 거 같진 않은데? 머리가 고슴도치 털처럼 짤막한데 뭔 머리를 또 깎겠노?"

젊어 보이는 여자가 말했다.

"그럼 뭐 하러 왔노?"

주인 같지는 않은데 뭘 이렇게 꼬치꼬치 묻는지. 사람 되게 불편하게 한다.

"오메메, 시다 할라고 왔나 보네."

할머니가 손뼉을 탁 치며 말했다.

"맞제? 밖에 문에 붙여놓은 거 보고 찾아온 거 아니가? 시다 할라고 하는 거 맞제? 요새는 남자들이 미용에 더 관심이 많드라. 그래서 남자 미용사들이 많다 아이가."

시다는 또 뭐람.

"주인 미용사 화장실 갔으니 잠깐 기다리그라."

할머니가 말하는 순간 옆에 나무문이 열리며 파란색 앞치마를 두른 남자가 들어왔다. 큰 키에 심하게 야위었다 싶을 정도의 몸집. 갸름한 턱선이 어떻게 보면 날카롭게 보이기도 했고 또 어떻게 보면 동정이 갈 정도로 가여워 보이기도 했다. 나이는 마흔 살 정도 되었을까? 아니 조금 더 들어 보이기도 하고.

"이 애가 시다 할라고 찾아왔단다."

할머니가 말했다. 시다가 뭔지 모르지만 나는 그런 거 한다고 말한 적 없다. 남자는 나를 빤히 바라보더니 의자를 가리켰다. 앉으라는 뜻 같았다. 시다인지 뭔지 나는 그런 거는 모르고 물어볼 게 있어서 찾아왔다는 말이 목에 탁 걸려 넘어오지 않았다. 뭐부터 물어야 할지 모르겠다. 아빠 이름부터 대고 아는 사이냐고 물어야 하나?

"월급은 한 돈 백 주나?"

할머니 말에,

"오메야, 시다 월급이 돈 백이나 하나?"

조금 젊은 여자가 그 말을 받았다.

"요새 물가가 장난 아이다 아이가. 백만 원은 줘야제."

또 할머니가 말하자,

"하긴, 백만 원도 뭐 쓸 거 있나."

조금 젊은 여자가 받아쳤다.

둘은 중화제인지 뭔지를 뿌리고 한참을 더 월급을 가지고 떠들더니 머리를 감고 나서는 파마가 잘 나왔네, 역시 이 집 주인 파마 솜씨는 일류니 뭐니, 정신을 쏙 빼놓더니 꼬마 아이 손을 잡고 돌아갔다. 수건을 두르고 있던 꼬마 아이는 아무것도 하지 않은 채였다.

"오래오래 붙어 있그라. 그래야 돈도 모은다."

할머니는 가면서 내 엉덩이를 톡톡 쳤다.

아, 이게 뭐야! 나는 꼭 엉덩이를 도둑맞은 것 같은 생각이 들었다.

문을 열고 나가는 도중 전화벨이 울리자 할머니는 도로 들어와 전화를 받았다. 친절이 지나친 건지 아니면 남의 일에 참견하기 좋아하는 성격인지.

"뭐라고? 아하? 위치이? 여기가 대학병원 옆에, 부산대학병원이지 뭔 대학병원이고? 가만 부산에 다른 대학병원도 있나? 아무튼 부산대학병원 위에 위에 골목에 보면 형제 목욕탕이 있다 아이가. 형제라고, 형제. 와 이리 몬 알아듣노? 형제 목욕탕 옆 건물에 있는 미용실이다. 와? 머리 깎으러 올라고? 문 닫기 전에 버뜩 온나."

나는 할머니가 전화 받는 소리를 들으며 내 전화도 저 할머니가 받았다는 사실을 알았다.

"오늘은 위치 묻는 사람이 많네. 어이구, 이 미용실에 두어 번 들락거렸더니 하루가 다 갔네. 간데이."

사람들이 모두 돌아가자 남자는 나와 마주 보고 앉았다. 미용실에 들어온 지 한 시간이 넘은 후였다.

기형이의 추측

둘이 남게 되자 남자는 냉장고에서 음료수를 꺼내왔다. 과즙이 금방이라도 폭포처럼 쏟아져 나올 것 같은 오렌지 그림이 그려져 있는 음료수였다. 남자는 파란 플라스틱 컵에 음료수를 따라 내밀었다. 그러면서 내 얼굴을 뚫어져라 쳐다봤다.

"몇…… 살."

"저는 시단지 뭔지 그거 하러 온 거는 아니고요."

남자와 나는 동시에 말했다. 말을 꺼내던 남자가 입을 꼭 다물었다. 날렵한 콧날 때문에 입술이 더 단단해 보였다. 남자는 커다란 눈을 지그시 깔았다.

"혹시 강도식 씨라고 아세요?"

"누……구?"

"강도식. 강, 도, 식 씨요."

나는 아빠 이름을 한 자, 한 자 또박또박 말했다. 남자는 한참 동안 아무 말이 없었다. 이름을 기억해내려는 듯 얼굴을 찌푸리기도 했다. 그러다 고개를 저었다. 당연히 알고 있다는 말을 기대했던 나는 갑작스런 반응에 할 말을 잃었다. 아빠를 모른다고? 그러면 아빠는 왜 이 미용실 사진을 갖고 있었고 꼭 찾아가라고 써놨을까.

"잘 생각해보세요. 서울에 사는 강도식 씨요."

남자가 또 고개를 저었다. 조금의 망설임도 없는 고갯짓이었다. 그렇다면 이 남자 전에 다른 누군가가 '해리 미용실'을 운영했던 것은 아닐까. 나는 문득 그런 생각이 들었다.

"아저씨 전에 이 미용실을 했던 사람이 따로 있었나요?"

남자가 또 고개를 저었다.

"처음부터 아저씨가 해리 미용실을 한 거예요? 처음부터요?"

이번에는 고개를 끄덕였다. 남자의 얼굴빛이나 눈빛, 그리고 행동으로 보아 거짓말 같지는 않았다. 하긴 그런 거짓말을 할 필요도 없겠지만.

나는 할 말을 잃고 남자를 물끄러미 바라봤다. 이제 어떻게 해야 하나? 어떻게 하긴, 서울로 돌아가야지. 온몸에 기운이 남김없이 빠져나가는 느낌이다.

　내가 멍청하게 앉아 있자 남자는 건조대에서 수건을 걷어 개키기 시작했다. 반으로 접은 다음 오른쪽으로 둘둘 말듯 세 번 접었다.

　나는 남자가 수건을 개키는 모습을 신기하게 바라봤다. 저런 식으로 수건을 개키는 사람이 또 있긴 있구나. 아빠도 수건을 개킬 때 저렇게 했었다. 기억을 더듬어보면 엄마가 살아 있을 적 욕실 바구니에 담긴 수건을 보면 모두 저런 식으로 접은 거였다. 보통의 사람들은 두 번 접고 오른쪽에서 한 번 왼쪽에서 다시 겹치기, 뭐 이런 식이다. 떡집 아줌마도 그렇게 접었고 기형이 집에 놀러가서 보면 기형이네 수건도 그랬다.

　반으로 한 번 접어 오른쪽으로 둘둘 말듯 세 번 접으면 말도 못하게 불편했다. 욕실 벽에 달린 장식장에는 수건을 넣을 수 없어 따로 수건 바구니가 있어야 했다. 우리 엄마와 아빠만 그런 줄 알았더니 여기 그런 사람 또 한 명 있었군.

　"안…… 가?"

　남자가 접은 수건을 바구니에 차곡차곡 담으며 물었다. 나는 그제야 남자가 말을 이상하게 한다는 걸 알아차렸다. 한 자를 말한 다음 끊어질 듯 간격을 두고 다음 말을 했다. 그리고 부산에 도착한 후 귀가 왕왕 울리게 들었던 억양도 아니었다.

　"갈 건데요."

가긴 가는데 허탈했다. '해리 미용실'과 아빠가 무슨 연관이 있을 것 같은데 알아낼 수가 없으니.

수건 접기를 끝낸 남자는 빗자루를 들고 바닥에 떨어진 머리카락을 쓸기 시작했다. 한 올의 머리카락도 남기지 않고 야무지게 쓸어 담는 모습이 성격이 소심 아니면 철두철미, 뭐, 둘 중에 하나겠다 싶었다.

나는 엉덩이를 털고 일어났다. 더 앉아 있어봤자 일하는 데 방해만 될 거 같고 또 알아낼 것도 없는 거 같고.

"안녕히 계세요."

나는 남자에게 허리 굽혀 인사했다. 남자는 눈으로 인사를 받았다.

그런데 진짜 되게 허탈하다. 꼭 똥 누고 밑 안 닦은 것처럼 찜찜하기도 하고.

"아 참, 이거 드실래요?"

나는 그때까지 보물단지처럼 껴안고 있던 인절미 봉지를 내밀었다. 여태껏 왜 이걸 껴안고 있었담.

그때 요란한 소리를 내며 미닫이문이 열렸다. 그러더니 커다란 머리가 불쑥 들어왔다. 무심코 들어온 머리를 바라보던 나는 내 눈을 의심했다.

'오늘 신경을 너무 많이 썼더니 헛것이 다 보이는군.'

"강태산. 너, 여기 왔을 줄 알았다."

미닫이문을 끝까지 열어젖히고 안으로 들어오는 사람은 기형이었다. 나는 내가 꿈을 꾸고 있는 거는 아닌지 헷갈렸다.

"꿈 아니거든."

기형이가 내 허벅지를 힘껏 꼬집었다. 허벅지 살이 떨어져 나갈 것처럼 아팠다. 꿈은 아니었다.

"네가……."

당황스러워서 말도 빨리 나오지 않았다.

"여기에 웬일이냐고? 히히히. 네가 궁금하게 만들었잖아? 너 몰랐냐? 나는 궁금한 거는 절대 못 참는다는 거. 네 문자를 받고 곰곰이 생각했지. 이 새끼가 대체 어디로 튄 걸까? 처음에는 효미를 의심했지. 둘이 어디 놀러 간 걸까? 그런데 다시 생각해보니 아니더라고. 지금 네가 효미와 시시덕거리며 놀러 갈 상황은 아니잖아."

말을 듣다보니 기분 나빴다. 시시덕거리기는. 내가 언제 효미와 시시덕거렸다고.

"그래서 다시 생각했지. 그러니까 어젯밤 니네 집에서 본 사진이 생각나더라고. 그때 너는 미용실에 대해 무지하게 궁금해했고 그렇다면 갈 곳은 뻔하다, 이런 결론을 내렸지."

"너, 우리 집 뒤진 거야?"

아무리 친구라도 그렇지. 주인 없는 집을 뒤지는 것은 엄연히 절도다. 도둑이라고.

"새끼. 내가 니네 집을 왜 뒤지냐? 사람을 뭘로 보고. 너, 내 기억력이 거의 초능력에 가깝다는 거 아냐, 모르냐? 어제 사진을 보면서 무심히 본 전화번호가 머릿속에 정확하게 입력되었더라고. 그래서 일단 부산으로 출발하고 봤지. 부산역에 내려서 전화했더니 위치를 친절하게 가르쳐주더라고. 물론 알아듣느라고 고생은 좀 했지만. 그런데 뭣 좀 알아냈냐?"

기형이는 미용실 안을 휘 둘러봤다.

"그런데 부산까지 차비가 장난 아니더라. 지난 설에 받아 애지중지 아끼던 세뱃돈 다 날렸다."

기형이는 성큼성큼 걸어가더니 의자에 털썩 앉았다. 꼭 제집 소파에 앉는 것처럼 자연스러웠다.

"가자."

나는 나가자는 손짓을 했다.

"왜? 벌써 일 끝냈어?"

기형이는 의자 깊숙이 몸을 기대며 말했다.

"잘못 온 거 같아. 어서 가자."

나는 재촉했다.

"뭐가 잘못 와? 맞게 찾아왔는데. 사진 속 해리 미용실 맞잖아."

기형이는 다시 미용실 안을 둘러봤다.

'그렇게 둘러봤자 소용없다니까.'

나는 기형이 눈을 따라가며 생각했다.

'어?'

내 눈이 거울 위쪽에 걸려 있는 액자에 멈췄을 때 나는 깜짝 놀랐다. 원 안에 갈매기가 들어가 있는 그림의 십자수였다. 잠잠하게 가라앉았던 심장이 다시 뛰기 시작했다. 저것과 똑같은 십자수, 우리 집에도 있다. 안방 벽에 걸려 있는 액자인데 내가 어렸을 적부터 있었던 것 같다. 어쩌면 내가 태어나기 전부터 있었을 수도 있다. 나는 그 액자를 벽에 걸린 아빠의 옷처럼 언제나 자연스럽게 봐 왔었다.

"왜?"

눈치 빠른 기형이가 무슨 낌새라도 알아차렸는지 눈을 동그랗게 떴다.

"무……슨…… 일이야?"

그때 나와 기형이가 하는 모양을 지켜보던 남자가 말했다.

"아, 이 미용실 주인이세요? 무슨 일이냐면 말이지요. 아, 목 타. 저 음료수 좀 마셔도 돼요? 집에서 나와 지금까지 물 한 모금도 안 마셨거든요."

기형이는 남자의 대답도 듣지 않고 음료수를 병째 입에 대고 벌컥벌컥 마셨다.

"무슨 일이냐면 말이지요. 얘네 아빠가, 아, 그러니까 정확하게 말해서 강태산의 아빠가 이 '해리 미용실' 사진을 가지고 있었거든요. 강태산의 아빠 성함이 뭐냐 하면. 야, 태산아. 니네 아빠 성함이 어떻게 되지?"

"강도식."

벌써 내가 다 물어봤는데 뭘 또 물어.

"강태산의 아빠 강도식 씨가 해리 미용실 사진을 갖고 있었다고요. 두 분이 아세요?"

남자가 고개를 저었다.

몇 번이나 같은 말을 되묻던 기형이가 포기하고 일어났다.

"서울 가자. 네 말대로 잘못 온 거 같다."

기형이는 미닫이문을 열고 성큼 밖으로 나갔다. 나는 남자에게 고개를 숙여 보이고 나왔다.

"저 미용실 주인 좀 이상하지 않냐? 말하는 것도 그렇지만 뭔가 생각이 없는 사람 같기도 하고. 너는 그렇게 안 봤냐? 아무튼 사진은 별거 아니라는 결론을 내린다. 내가 기차를 타고 오면서 여러 가지 추측을 해봤는데 그중에 하나를 말하자면 이래. 니네 아빠가 어느 날 부산에 오셨었어. 그런데 우연히 부산에서 머리를 깎게 된 거지. 그게 해리 미용실이었단 말이야. 머리를 깎고 나서 보니 미용사의 솜씨가 완전 대박이거든. 다음에도 부산에 오면 꼭 해리 미용실에서 머리를 깎아야겠다는 생각을 하게 된 거지. 그래서 사진을 찍어두었던 거야. 어때, 이 형님의 추측이? 그럴듯하지 않냐?"

그렇다면 왜 찾아가라고 했을까? 그것도 꼭!

"온 김에 머리나 깎고 갈까?"

기형이가 걸음을 멈췄다.

"아빠가 여길 꼭 찾아가 보라고 했다. 그래서 온 건데…… 그 이유가 겨우 머리 깎는 정도라니."

한숨이 절로 나왔다.

"꼭 찾아가 보라고 했다고?"

"그래."

기형이는 눈을 위로 치켜뜨고 뭔가 곰곰이 생각했다.

"혹시 말이야. 해리 미용실 건물이 니네 아빠 거 아니냐? 아니면 그 땅이 아빠 거든지."

기형이가 말했다.

그건 아닐 거다. 그렇다면 땅문서나 집문서가 있어야지.

"가자."

나는 기형이 팔을 잡아끌었다.

그런데 그 액자는 뭘까? 그저 우연일까? 내가 몰라서 그렇지, 다른 집에도 그런 그림을 수놓은 십자수 액자가 많을 수도 있다. 우리 집 문갑 위에 놓여 있던 못난이 삼형제 인형처럼 말이다. 못난이 삼형제 인형은 몇 십 년 전 무지하게 유행했던 인형이라고 했다. 그래서 그런지 떡집에도 못난이 삼형제 인형이 있었고 아빠가 자주 가던 이발소에도 있었다. 원 안에 갈매기가 들어가 있는 그림의 십자수. 그것도 한때 유행이었을 수도 있다는 말이다.

"공연히 차비만 쓴 거 같다. 아이고, 너랑 나랑 둘의 차비를 보태면 으악! 천문학적 숫자다. 우리 갈 때는 고속 열차 말고 싼 거 타고 가자."

기형이는 눈알을 굴려가며 계산을 하더니 비명을 질러댔다.

부산 구경이나 제대로 하자

"부산 구경?"

"그래, 부산 구경. 여기까지 왔는데 그냥 돌아가기는 좀 그렇잖냐. 남들은 휴가 내서 일부러 놀러 오는 곳인데. 바다 구경하고 가자."

나는 기형이의 말을 들으며 기형이의 속셈을 알 것 같았다. 어쩐지 한달음에 달려왔더라. 저랑 나랑 친하기는 하지만 그렇다고 비싼 기차표 끊어 잽싸게 달려올 만큼 정이 철철 넘치는 기형이는 아니다.

"저기 이정표 봐라. 자갈치라고 쓰여 있잖아. 자갈치라는 이름 들어봤지? 바다 바로 옆일 거야. 가보자."

솔직히 말해 한가하게 부산 구경이나 하고 그러고 싶은 마음은 아니었다. 하지만 기형이 입장을 생각하면 인정상 뿌리칠 수가 없었다.

자갈치는 해리 미용실이 있는 동네에서 엎어지면 코 닿을 거리였다. 자갈치 골목에 들어서자 생선 굽는 냄새가 진동했다. 기다렸다는 듯 뱃속이 요동을 치기 시작했다. 그러고 보니 오늘 온종일 굶었다.

"야, 강태산. 저게 뭐냐? 뱀 잡는다."

여기저기 유심히 살피던 기형이가 소리를 빽 질렀다. 왼쪽으로 수족관이 즐비하게 놓인 가건물 가게가 촘촘히 있는 곳이었다. 앞치마를 두른 아줌마가 이름을 알 수 없는 기다란 생물을 수족관에서 잡아 올리더니 둥근 나무 도마에 턱하니 놓고 끝이 뾰족한 도구로 생물의 머리를 도마에 고정시켰다. 그러더니 생물의 껍질을 벗기기 시작했다. 아닌 밤중에 날벼락 맞는 식으로 수족관에서 유유히 휴식을 즐기다 잡혀 껍질이 벗겨지는 운명을 맞이한 생물은 온몸을 처절하게 비틀며 반항했다. 그러자 아줌마의 손길이 더 빨라졌다. 목장갑 낀 손으로 생물의 몸통을 덥석 잡더니 눈 깜짝할 사이에 껍질을 벗겨냈다.

"아, 징그러."

기형이가 신음 소리처럼 내뱉었다. 껍질이 벗겨진 생물은 석쇠에 담겨 연탄불에 올라갔다.

"아줌마. 뱀 고기예요?"

이맛살을 찌푸린 채 기형이가 물었다.

"뭔 그런 끔찍한 소리를 하노? 꼼장어다, 꼼장어."

아줌마는 석쇠에서 노릇해진 생물을 갖은 채소와 고추장 양념장이 담긴 프라이팬에 담고 뒤적였다.

"들어와서 먹고 갈래? 먹고 싶지 않나?"

아줌마가 물었다.

"천만에요."

기형이는 내 손을 잡고 돌아섰다.

생선 굽는 냄새에 더는 참을 수가 없었다. 눈이 가물가물 감기고 다리가 휘청거릴 정도로 배가 고팠다. 생선 굽는 냄새를 뒤로하고는 자갈치를 떠날 수가 없었다.

"우리 생선구이 먹고 갈까?"

기형이가 물었다.

"부산에 왔으니까 바다에서 나는 음식은 먹고 가야지."

좋은 생각이다.

나는 길가에 즐비한 음식점 중에서 어느 집을 택할지 부지런히 눈을 돌렸다.

"저기 좋다. 방송국에서 정한 맛집이란다."

기형이와 나는 한때 유명했던 텔레비전 프로그램의 MC를 맡았던 연예인이 생선구이 한 마리를 들고 함박웃음을 웃고 있는 음식점으로 들어갔다.

"아줌마. 대자와 중자와 소자는 얼마나 달라요?"

기형이가 메뉴판을 보고 물었다.

"소자는 서너 마리, 중자는 대여섯 마리. 대자는 엄청 많다."

"그럼 엄청 많은 대자로 주세요."

정체불명의 생선들이 노릇노릇 구워져 접시에 담겨 나왔다. 나와 기형이는 눈 깜짝할 사이에 생선 한 접시를 해치웠다. 접시 가득 앙상한 가시만 남았다.

생선구이를 먹고 자갈치에서 나와 큰 도로를 건넜다. 도로를 건너자마자 시장이 이어졌다. 그 길을 끝까지 걷자 다시 도로가 나왔다. 길을 건너 골목으로 들어서자 양쪽으로 책방이 이어졌다.

'보수동 헌책방 골목.'

어디서 많이 들어본 이름이다.

"학생들, 여기는 말이다. 6·25 한국전쟁 때 미군부대에서 나오는 헌 잡지를 받아다 팔면서 생기기 시작한 책방 골목이다. 관광객도 아주 많이 오고 귀한 책을 찾으러 오는 사람도 많지."

책방 아저씨 말로는 전국적으로 유명한 곳이라는데 글쎄…….
나와 기형이는 시큰둥한 표정으로 책방을 돌아봤다. 냉정히 말해책이라는 게 어떤 건가. 좋아하는 사람에게는 한없이 귀중하고 소중하며 친구 같고 스승 같은 것이라 하지만 좋아하지 않는 사람에게는 한낱 종이에 불과하다.

이곳을 잘 뒤지면 높은 가치의 책을 찾아내는 행운을 얻을 수 있다지만 그것도 글쎄…… 기형이는 달랑 십 분 정도 골목을 돌고 나서 글씨를 너무 많이 봤더니 멀미가 나려고 하네 마네 엄살이다. 쌓여 있는 책을 파헤쳐가며 가치 있는 책을 찾아낼 수는 없을 것 같다.

날이 어둑해지기 시작했다.

"다리 아픈데 부산역까지 택시 타고 가자."

기형이는 멀쩡히 잘 걷고 있던 다리를 갑자기 절룩거리며 엄살을 부렸다.

표를 끊으려고 줄을 서는데 기형이가 저만큼 떨어져 섰다.

"표 안 끊을 거야?"

나는 내 앞에 서라고 손짓을 했다. 별다른 대답 없이 주춤거리던 기형이가 엉덩이를 좌우로 흔들며 다가왔다.

"네가 끊어야지."

이러는 거다. 이게 무슨 뜬금없는 말이냐.

"내가 부산에 온 것은 다 네 일 때문에 온 거 아니냐. 그러니까 오는 표야 그렇다 치고 가는 표는 태산이 네가 끊어야지."

어이없다. 누가 오라고 했냐?

"나, 돈 없다."

기형이는 다시 엉덩이를 좌우로 흔들며 저만큼 가버렸다. 그럼 처음부터 집으로 돌아갈 기차표를 살 돈은 없었다는 말이다. 배포도 크다. 그러다 나를 못 만났으면 어쩔 뻔했냐.

나는 주머니를 뒤적여 돈을 꺼냈다. 그런데…… 기차표 두 장을 사자니 돈이 모자랐다. 정확하게 만 오천이백 원이 모자랐다.

"돈이 모자란다."

나는 기형이에게 말했다.

"돈을 그 정도도 안 가지고 부산에 왔냐? 진짜 이상하네."

기형이는 펄쩍 뛰었다. 내가 하고 싶은 말이다. 초대받은 것도 아니고 부탁받은 것도 아닌데 차비도 없이 무작정 부산으로 온 네가 더 이상한 거지.

"아까 생선구이를 큰 거 시켜 먹었잖아?"

"그깟 생선구이가 얼마나 한다고?"

"작은 거는 삼만 원, 중간 거는 사만 원. 큰 거는 오만 원이었는데 네가 엄청 큰 거 시켰잖아. 가격도 모르고 시켰냐? 거기에다 밥도 너는 네 그릇이나 먹었다. 한 그릇에 천 원이니까 네 그릇이면 사천 원이다."

작은 걸 시켜 먹었으면 이런 일도 없었다. 밥도 한꺼번에 네 그릇이나 먹는 무식한 놈이 어디 있냐. 이게 다 너 때문이다. 그렇다고 기형이를 혼자 부산에 두고 갈 수는 없었다.

어쩔 수 없이 고속 열차 대신 무궁화 열차라는 것을 타고 가기로 했다. 부산에서 서울까지 고속 열차는 두 시간 사십 분 정도. 무궁화 열차는 여섯 시간이 넘게 걸렸다. 그것도 좀 전에 무궁화 열차가 출발했다고 했다. 열한 시 삼십 분 차가 다음 차였다.

기형이는 의자에 앉아 꾸벅꾸벅 졸았다. 의자 중간 중간 쇠로 가로막아 놓아 누울 수도 없었다.

"뭐 이런 인심이 다 있냐? 눕지 말라고 이런 거 해놓은 거 아니냐?"

기형이는 졸다가 눈을 번쩍 뜨고 말했다. 그러다 견딜 수 없는지 바닥에 벌렁 누워버렸다. 이건 뭐 노숙자 저리 가라다. 쪽팔리게.

안 그래도 눈에 띄는 덩치인 기형이가 바닥에 눕자 지나가는 사람들이 힐끗거렸다. 그것뿐이면 말도 안 한다. 앞에 있는 의자, 뒤에 있는 의자, 옆에 있는 의자에 앉았던 사람들이 슬금슬금 일어나 다른 쪽으로 갔다.

"우리 해리 미용실에 가서 좀 있다 올까?"

나는 사람들 눈치를 보다 말했다. 내 말에 기형이 눈에서 번쩍 빛이 났다.

"정말? 그래, 그러자. 택시 타면 오 분 정도밖에 안 걸리더라. 거기 가서 한 시간이라도 편하게 누워 있다 오자. 지금이 여덟 시 사십 분이니까 갔다 오는 게 맞다. 너도 알다시피 내 몸이 보통 몸이냐? 데리고 다니려면 보통 힘든 게 아니란 말이다. 몇 시간 돌아다녔으면 잠깐은 아주 편하게 쉬여줘야 하는 몸이다. 사정 얘기하면 그냥 나가라고 하겠냐? 얼굴도 아는 사이인데."

기형이는 일어나 벗어놓았던 운동화를 주섬주섬 신었다.

해리 미용실은 불이 훤히 켜져 있었다. 하지만 미용실 안에는 주인 남자도 손님도 없었다. 기형이는 미용실로 들어가자마자 소파에 벌렁 누웠다. 온종일 피곤했는지 푹신한 소파에 몸을 던진 기형이는 몇 초 지나지 않아 코를 골기 시작했다.

"계세요?"

드르렁 드르렁.

주인을 찾는 내 목소리가 기형이 코고는 소리에 묻혔다. 아까 기차 안에서 내 옆에 앉았던 남자가 떠올랐다. 그 남자와 완전 판박이다.

나는 의자에 앉아 거울과 마주 봤다. 방학하기 훨씬 전에 깎은 머리가 제법 길었다. 앞머리가 나풀거릴 정도였다. 나는 거울 속 내 모습을 바라봤다. 알지 못할 두려움이 밀려왔다. 내가 아빠 없이 잘할 수 있을까? 모든 걸 말이다. 어떻게 생각하면 닥치는 대로 다 해낼 수 있을 것 같고 또 한편으로 생각하면 자신이 없다.

"아빠⋯⋯."

나는 입속으로 아빠를 불러봤다. 가슴이 뭉클해졌다. 나는 눈물을 참으려고 얼른 눈을 감았다.

얼마가 지났을까? 나는 이상한 소리에 눈을 떴다. 깜빡 잠이 들었었는지 턱을 타고 침이 흘러 있었다. 기형이는 아직도 세상모르고 자고 있었다.

나는 끊어질 듯 이어지는 소리에 귀를 기울였다. 나무문, 저쪽에서 나는 소리였다. 노랫소리 같기도 하고 그저 넋두리하는 사람의 목소리 같기도 하고.

나는 나무문으로 다가가 귀를 기울였다. 노랫소리였다. 무슨 노래인지 모르지만 끝났다 싶으면 다른 노래가 이어졌다. 남자 목소리인 걸 보아 미용실 주인이 틀림없었다.

신나는 노래가 대부분이었지만 가끔 흐느끼는 듯한 슬픈 노래도 불렀다. 나는 의자로 돌아와 앉아 귀 기울여 노래를 감상했다.

작은 소리로 들리는 노래는 꼭 자장가 같았다. 나는 눈을 감았다. 그러자 노랫소리는 더 맑고 깨끗하게 귀에 쏙 들어왔다.

"태산아. 강태산."

그때 기형이가 노랫소리를 막았다.

"갈 때 깨워라."

기형이는 돌아누웠다.

나는 다시 눈을 감았다.

"깊은 산을 넘어가면 그곳에 피는 꽃, 나는 알고 있어요. 꽃이 기다리는 걸. 낮이나 밤이나 내가 오길 기다리고 있다는 걸. 두 송이 꽃이 되어 루루루⋯⋯."

텔레비전 프로 중에 〈가요무대〉라고 있다. 가수들이 나와 주로 지나간 노래를 부르는 프로인데 아빠가 무척 좋아하는 프로였다. 그래서 나는 싫든 좋든 월요일 밤에는 〈가요무대〉를 봤었다. 그때 가수들이 나와 저 노래도 자주 불렀었다. 제목은 뭔지 잘 기억이 나지 않는데 아무튼 1990년대에 엄청 유행하던 노래라고 했다. 멜로디는 경쾌한데 솔직히 가사가 별로인 노래다. 사람은 사람이 기다려야지 왜 꽃이 기다리냐. 잘 생각해보면 엄청 기분 나쁜 가사다. 꽃이 사람을 기다린다? 어떤 사람은 자기가 죽으면 꽃이 되고 싶다고 말한다. 어떤 사람은 새가 되고 싶다고 한다. 그렇다면 저 노래에 나오는 꽃도 사람이 죽어 핀 것이라고 볼 수 있다. 노래가 딱 그런 기분을 준다. 그러면서 자기가 사랑하는 사람도 꽃이 되길 바라는 거다. 즉, 죽으라는 거다. 에이, 왜 저런 노래를 부른담. 나는 몸을 으스스 떨며 의자에 깊이 기댔다.

훔치는 것과 빌리는 것의 차이

뜨거운 것이 얼굴에 확 끼쳤다. 한낮의 더운 바람 같기도 하고 밥솥 뚜껑을 열었을 때의 김 같기도 했다. 나는 그것이 어떤 것인지 확인하기 위해 떠지지 않는 눈을 억지로 떴다.

"헉!"

눈을 뜨자마자 내 입에서는 신음 소리가 튀어나왔다. 쟁반처럼 둥글고 넓적한 얼굴이 바로 눈앞에 있었다. 땀구멍이 마치 동굴처럼 뻥 뚫린 낮고 펑퍼짐한 코가 제일 먼저 눈에 들어왔고 그다음은 주름이 파도처럼 넘실대는 이마였다. 그리고 눈꺼풀이 축 처진 눈.

"누, 누, 누구냐?"

나는 몸을 일으키며 얼굴을 밀어냈다.

"오늘부터 시다 하기로 한 거가? 그럼 버뜩 일어나서 청소해야지 이렇고 있으면 되나?"

어제 봤던 바로 그 할머니였다.

"여, 여기가 어디예요?"

나는 두리번거렸다. 이럴 수가! 내가 미용실에 있었다. 소파에는 기형이가 쿠션을 끌어안고 한창 잠꼬대 중이었다. 어제 잠깐만 편히 자고 바로 부산역으로 가려고 했었다. 밤 열한 시 삼십 분에 출발하는 기차를 타야 했었다. 그런데 밖이 훤한 걸 보니 아침이다. 그럼 뭐야. 어젯밤부터 지금까지 잤단 말이야?

주변이 시끄러워지자,

"엄마, 조금만 더, 오 분만 더."

기형이는 엉덩이를 긁적이며 말했다.

"일어나라고!"

나는 기형이 엉덩이를 걷어찼다.

"얘는 또 누고? 얘도 시다일 리는 없고. 니 친구가? 아이고마, 나이도 어린 기 이리 살이 디룩디룩 쪄서 우이 사노? 이놈의 손아 살 좀 빼그라."

할머니가 아직도 눈을 뜨지 못하고 있는 기형이의 뺨을 꼬집었다.

기형이는 눈을 번쩍 뜨고 뺨을 어루만지며 멍하니 할머니를 바라봤다. 지금 내가 꿈을 꾸고 있나, 이런 표정이었다.

"오늘 주인 미용사는 추모제에 가는 날이다. 일 년에 딱 한 번 있는 추모제라서 새벽부터 나간 기라. 전화 오는 기라도 받아줄라고 왔더만 시다가 있네. 미용실 잘 지키고 있그라. 아마 저녁나절 되면 주인 미용사가 올 기라."

할머니는 치마를 퍽퍽 치며 일어났다.

"저희 미용실 못 지키는데요."

나는 불퉁하니 말했다. 신기하게도 어제부터 부산 사람들 말을 계속 들었더니 이젠 할머니가 하는 말이 귀에 쏙쏙 들어왔다.

"와? 와 미용실 못 지키노?"

"뭐야? 우리가 왜 아직도 여기에 있나?"

그때 기형이가 정신을 차렸는지 소리를 버럭 질렀다.

"우리가 왜 집에 안 가고 아직 여기에 있느냐고?"

그걸 뭐 묻냐. 잠이 푹 드는 바람에 못 간 거지.

"그럼 표는? 어제 미리 끊어놨던 기차표?"

기형이가 이맛살을 있는 대로 찌푸리며 물었다. 아! 기차표. 이미 기차는 떠났고 떠난 기차는 새벽에 서울에 도착했을 거다. 그럼 기차표 산 돈은 고스란히 날린 거다. 맙소사!

"끝난 거냐? 땡전 한 푼도 못 받는 거냐?"

당연히 땡전 한 푼도 못 돌려받는다. 어찌 이런 일이 일어날 수 있나. 이제 고속 열차는 고사하고 무궁화 열차 타고 갈 돈도 없다.

이게 다 기형이 때문이다. 편도 차비만 들고 대책 없이 부산으로 찾아올 건 뭐냐고. 돈도 없는 주제에 생선구이는 왜 큰 거 먹자고 그랬느냐고. 거기에다 밥 네 그릇이 말이 되냐? 이런 말 자꾸 하고 싶지 않지만 돈도 없는 주제에. 대체 뭘 믿고.

"그럼 어떻게 하나? 깨웠어야지."

한 대 쥐어박고 싶은 걸 간신히 참고 있는데 기형이가 도리어 성질을 부렸다.

"아이~씨, 그 노래 듣다 잠들어버려서 그래."

그렇다고 나까지 성질을 부릴 수는 없었다. 나는 내가 잠든 것이 다 그 노래 탓 같았다.

"ㅎㅎㅎ. 어제 주인 미용사가 노래 불렀드나? 추모제를 앞둔 날은 꼭 노래를 부르드라. 일 년에 딱 한 번이지. 노래 잘 부르제?"

할머니가 잇몸을 드러내고 웃었다.

잘 부르기는 무슨. 갖은 청승을 다 떨더구만.

"누가 죽었어요?"

기형이의 오지랖 발동이다. 지금 그게 문제가 아니지. 어떻게 하면 돈을 구해 집으로 돌아갈까, 그게 중요하지.

"죽었겄제. 그리 생각하니까 추모제를 지내는 거 아니겠나?"

죽었으면 죽은 거지 죽었겠지는 또 뭐람.

"어찌 그렇게 흔적을 못 찾을 수가 있단 말이고. 내는 암만 생각해도 도저히 이해가 안 되는 기라."

할머니는 고개를 잘래잘래 저었다. 기형이가 눈을 반짝거리며 소파에서 내려와 할머니 앞으로 바짝 다가섰다.

"할머니."

그러고는 느끼함이 느껴질 정도로 낮고 굵은 목소리로 할머니를 불렀다.

"와?"

"시체를 찾지 못한 건가요? 혹시 살인 사건?"

"뭐시라카노?"

"에이, 그런 거 있잖아요. 분명 죽었다는 심증은 가나 증거가 불충분하여 죽었다는 결론도 내지 못하고 미궁에 빠지는 살인 사건. 범인이 맞는 듯하나 그 또한 증거가 없어 잡을 수도 없는 사건. 누군데요? 누가 죽었는데요?"

"소름 끼치게 자꾸 살인 사건, 살인 사건 할 꺼가?"

"아니에요?"

"뭐 어찌 보면 살인 사건일 수도 있제. 비행기가 혼자 공연히 떨어졌겠나? 누가 떨어지게 만들었으니 떨어졌겠제. 만약 비행기가 고장 나서 떨어진 거라면 기계가 범인 아니겠나?"

"비행기요?"

"그래, 외국 갔다 오는 길에 넓은 바다 한가운데에서 비행기가 떨어졌다든가, 폭발했다 하드라…… 아이고! 내가 감자 솥에 불을 끄고 왔나, 그냥 왔나? 잘못하면 우리 집이 폭발하게 생겼다."

한참 말을 하던 할머니는 부리나케 밖으로 뛰쳐나갔다.

할머니가 나가기 무섭게 기형이의 휴대전화가 울렸다. 수신 전화번호를 확인한 기형이 얼굴에 당황한 빛이 역력했다.

"아부지!"

기형이는 입을 크게 벌리고 아버지를 외쳤다.

"어디긴요? 태산이네 집이지요. 아이 깜짝이야. 왜 소리는 지르고 그러세요? 고막 터질 뻔했잖아요. 아니, 터진 것 같아요. 뭔가 고름 같은 것이 줄줄 새어나오는 것 같기도 하고. 잠깐, 잠깐 끊었다 할게요. 이걸 닦아야 할 것 같아서…… 예? 알았어요. 지금 당장 가면 되잖아요."

기형이가 휴대전화를 끊으며 구시렁구시렁 주절주절, 알아듣지 못할 말을 했다.

"큰일 났다. 태산이 너 휴대전화 아직 안 켰냐?"

아차! 어제 기형이에게 전화가 올까봐 기차 안에서 꺼놓고 깜박했다.

"우리 아빠랑 떡집 아저씨랑 통화한 모양이더라. 너는 우리 집에 간다고 하고 나는 니네 집에 간다고 한 거짓말이 들통 났어. 당장 들어오지 않으면 가만두지 않겠대."

하여간 기형이 쟤가 문제다. 가만히 집에 있었으면 아무 문제도 터지지 않았을 텐데 초등학교 때부터 지금까지 친구로 지내면서 도움을 주는 일보다 곤란하게 만드는 일이 더 많다.

내가 저놈을 친구라고, 에이, 참!

"아까 그 할머니한테 돈 좀 빌리면 안 되려나?"

그 할머니가 우리를 언제 봤다고 돈을 빌려줄까. 그리고 집도 모르는데 어디 가서 할머니를 찾을까. 그렇다고 다시 미용실에 올 때까지 마냥 기다릴 수도 없고.

"아, 정말 미치겠네. 당장 가지 않으면 우리 아빠 성질에 진짜 난릴 텐데."

나는 기형이가 징징거리는 소리를 들으며 휴대전화를 켰다. 부재중 전화가 다섯 통, 문자가 여섯 개. 부재중 전화를 알리는 빨간색 전화 모양의 그림을 보자 갑자기 가슴이 울컥했다. 내 휴대전화의 부재중 전화는 거의 아빠였다. 학원 갔다 조금만 늦게 와도, 친구 만나러 갔다가(물론 여기서 친구란 거의 기형이다. 기형이를 만나면 늘 늦게 다니게 된다) 늦으면 아빠는 수시로 전화를 했다. 그때는 그게 귀찮기도 했는데, 이제는 다시는 못 받을 아빠의 부재중 전화가 되어버렸다.

부재중 전화는 담임이 두 번, 떡집 아저씨가 세 번이었다. 문자는 모두 담임이 보낸 거였다. 집에 왔는데 없구나, 통화도 안 되는

구나, 떡집 아저씨 말로는 기형이 집에 갔다고 하던데 언제 오니? 어제 보낸 문자 세 통에, 너 기형이 집에 간 게 아니던데 어디니, 제발 돌아와라, 걱정된다. 오늘 새벽 댓바람부터 보낸 문자가 세 통이었다. 그러니까 내가 기형이 집에 간 것이 아니고 기형이가 우리 집에 온 것이 아니라는 것은 오늘 새벽에 들통 난 것이다.

"잠깐!"

얼굴을 있는 대로 구기며 울상이 되어 있던 기형이 얼굴이 한순간 활짝 펴졌다. 기형이는 구석에 있는 작은 금고로 다가갔다. 가게라면 어디서나 볼 수 있는 손금고였다.

"기형이 너, 뭐 하는 거냐?"

나는 손금고 버튼을 누르는 기형이를 보자 소스라치게 놀랐다. 하다하다 이제 별짓을 다 하려고 하는구나. 부산까지 와서 도둑질을 하자고?

"돈이 들어 있으면 좀 빌려가려고. 갚으면 될 거 아니야? 편지 써놓고 가면 되는 거지. 사정을 얘기하고 우리 휴대전화 번호 적어놓고. 와, 돈 있다."

기형이 얼굴이 긴 가뭄 끝에 비라도 만난 농부처럼 환해졌다. 기형이는 만 원짜리 몇 장을 들어 보였다.

"이거 얼마쯤일까?"

기형이는 돈을 내 손에 쥐어주었다.

"도둑질이야."

나는 단호하게 말하며 돈을 다시 기형이 손에 넘겨버렸다.

"빌리는 거라니까. 이따 통화해서 계좌번호 일러달라고 하고 당장 갚으면 되는 거지. 뭘 그렇게 복잡하게 생각하냐? 간단하게 생각해라, 강태산. 부처님이나 하느님이라도 지금 이 상황이라면 이렇게 할 수밖에 없다. 서울까지 걸어갈 수는 없지 않냐?"

기형이는 자신의 행동에 대한 정당성을 찾기 위해 부처님과 하느님까지 팔아먹고 있었다.

"얼마 모자라는지 갖고 있는 돈 확인해봐."

나는 아무리 그래도 이거는 아닌 것 같은데, 이러면 안 되는데, 하고 우물쭈물하면서도 주머니에서 돈을 꺼내 세고 있었다. 이만 원 정도가 모자랐다.

기형이는 삼만 원을 주머니에 넣었다.

어쩔 수 없는 사정으로 삼만 원을 빌려갑니다. 사람이 죽고 사는 급한 일이라서 허락도 받지 않고 가져갑니다. 여기에 전화번호를 적어놓고 갑니다. 저희도 여기 전화번호를 알고 있으니 오늘 중으로 전화드리고 계좌로 삼만 원 보내드리겠습니다.

기형이는 편지를 써서 테이프로 거울에 붙였다.

나는 미용실을 나오면서 뒤돌아봤다. 정면에 걸려 있는 십자수 액자가 눈에 들어왔다.

　"갚을 거니까 도둑 아닙니다."

　나는 주인 미용사가 옆에 있는 것처럼 말했다.

아빠

　돈을 훔친 건지 빌린 건지 아리송하지만 어차피 꺼내 올 거면 좀 더 많이 가져오는 건데 그랬다. 기형이는 무궁화 열차표를 끊으면서 왜 그렇게 생각이 모자라느냐고 잔소리를 해댔다. 나도 그 생각을 하지 못했었다. 왜 그때 고속 열차를 타야 한다는 생각이 안 들고 무궁화 열차표 금액이 생각났을까. 그나마 다행인 것은 바로 출발하는 열차가 있었다.

　기차에 타자마자 기형이 아빠한테서 전화가 왔다.

　"어디냐, 이 새끼야."

　옆에 앉은 내 귀에도 고스란히 들릴 정도로 쩌렁쩌렁한 목소리였다. 옆에 있으면 당장이라도 두들겨 팰 것 같은 험악한 목소리이기도 했다.

"당장 오라고 한 지가 언젠데 아직도 안 와? 어디냐고?"

기형이는 자기 아빠의 성화에 부산이라고 이실직고하고 말았다.

"부우사안~."

부산을 길게 늘어뜨리는 기형이 아빠의 얼굴이 환히 보이는 것 같았다. 가만히 있어도 일그러진 인상이 범상치 않은 기형이 아빠. 짙은 눈썹을 꿈틀거리며 치켜 올릴 때면 지은 죄가 없어도 사지가 덜덜 떨리는 인상의 기형이 아빠다. 왕년에 국가대표 권투 선수였다고 하는데 확인을 안 해봐서 정말 국가대표였는지 아니었는지는 잘 모르겠다. 아무튼 떡 벌어진 어깨며 단단한 종아리며 터져 나갈 것 같은 허벅지를 보면 운동깨나 한 것은 맞는 것 같다.

"이 새끼야. 학원 빼먹고 친구 집 간다고 거짓말하고 부산을 가?"

기형이 아빠 목소리는 점점 더 높아졌다. 기형이는 휴대전화를 두 손으로 잡고 겁먹은 눈을 끔뻑거리며 대꾸 한 번 못하고 야단을 듣고 있었다. 가끔 기형이 손이 바르르 떨렸다.

"빨리 와!"

십 분쯤 소리소리 지르던 기형이 아빠가 드디어 전화를 끊었다. 빨리 오라니. 빨리 가고 싶어도 사정이 그렇지를 못한데.

"아이 씨, 어제 생선구이 괜히 먹었네. 바로 고속 열차 타고 갔으면 아무 문제 없었을 텐데."

기형이가 생선구이 먹은 것을 후회했다. 내가 기형이와 친구로 지낸 몇 년 동안 기형이가 먹은 것을 후회하는 것은 처음 본다.

곧 기형이는 잠이 들었다. 금세 코까지 골았다. 그 야단을 듣고도 잠을 잘 정도의 여유로움, 그것이 곧 기형이의 저 몸매 탄생에 일조했을 거다.

나는 의자에 깊이 기대 스쳐가는 바깥을 바라봤다.

"뭐 생각하냐?"

한숨 늘어지게 자고 난 기형이가 기지개를 켜며 물었다. 불룩 튀어나온 기형이의 배꼽이 훤히 드러났다.

"그냥…… 아무 생각도 안 한다."

"태산이 너, 집에 가면 돈 있지? 사실 아까까지만 해도 나도 집에 가면 아빠한테 어떤 거짓말을 둘러대든 돈을 타 내려고 했거든. 그런데 너도 보다시피 다 틀렸다. 그렇다고 우리 엄마가 돈을 줄 리는 없고. 엄마도 아빠한테 돈을 타 쓰거든. 어떤 때는 우리 엄마가 나한테 돈을 빌려가기도 해. 집에 있는 돈은 모두 아빠가 움켜쥐고 있고 엄마와 아들은 서로서로 돈을 빌려주고 빌려 쓰는, 이렇게 비극적인 가정이 지구상에 존재한다는 말 들어봤냐? 내가 그렇게 산다. 그래서 말인데 미용실 주인에게 갚아야 할 돈 삼만 원은 태산이 네가 갚아라. 솔직히 부산에 갔던 일도 따지고 보면 다 네 일 때문이었잖아."

"……."

"응?"

"알았다."

나는 기형이를 외면하며 창밖을 바라봤다. 기차가 강 옆을 지나고 있었다. 물결 위로 강렬한 햇살이 쏟아지고 있었다. 수천 개의 빛나는 조각들이 물결 따라 흔들렸다. 햇살을 업은 강은 물인지 빛인지 헷갈렸다.

만약, 만약 말이다. 앞으로 내 앞날에 저렇게 많은 일들이 쏟아져 내린다면 어떻게 될까. 내가 감당할 수 없는 많은 일들이 생기면 말이다. 햇살은 시간이 지나면 강에서 자신의 모습을 거둬간다. 그러니까 강 원래의 모습이 돌아온다는 말이다. 나도 그럴 수 있을까.

아빠 없이 나 혼자 살아간다는 것은 무섭고 힘들 일일 거다. 내가 강태산이라는 걸 잊을 만큼 많은 일들이 저 햇살조각들처럼 내려앉을지 모른다. 그래서 나를 괴롭힐지 모른다. 그것들은 저녁이 된다고 해서 스스로 자신의 모습을 거둬가지 않을 텐데, 강이 원래의 모습을 찾듯 나도 내 모습을 잃지 않고 살아갈 수 있을까. 어른이 될 때까지 무사히 견뎌낼 수 있을까? 무섭다. 아무리 생각해도 열여섯 살은 너무 적은 나이 같다. 중학교 3학년이 아니라 고등학교 3학년이라면 얼마나 좋을까. 그러면 곧 어른이 되는 건데.

"내가 아는 사람도 비행기 사고로 죽었는데."

기형이가 고요를 깼다.

"엄마 친구였어. 엄마랑 고등학교 때 친구였대. 비행기가 착륙을 하기 직전에 산에 떨어졌다나 봐. 살아난 사람도 많았었는데 엄마 친구는 죽었대. 그래도 가방이랑 뭐, 이런 거는 다 찾았대. 죽었다는 것도 확실히 밝혀졌고. 그런데 죽긴 죽은 거 같은데 진짜 죽었는지 확인할 수 없으면 정말 좀 그렇겠다, 그치?"

그렇겠지. 꼭 살아 있는 기분이 들겠지. 아마 문을 잠가놓지도 못할 거다. 어느 날 갑자기 찾아올 거 같아서. 그게 누구라도 말이다.

"아 참, 어젯밤에 미용실 주인이 무슨 노래 불렀냐?"

기형이가 생각난 듯 물었다.

"자장가."

나는 망설이지 않고 말했다. 곧이곧대로 말했다가는 또 기형이 오지랖이 발동할 거다. 노래에 대한 사연 찾기, 뭐 이런 거 말이다.

"그래서 너도 잠들었구나? 아무리 그래도 그렇지, 유딩도 초딩도 아닌 다 큰 새끼가 자장가 듣고 잠이 드냐? 한심하기는."

기형이가 혀를 찼다.

기차가 터널 안으로 들어가려는 순간 기형이 휴대전화가 울렸다.

'아부지.'

휴대전화 창에 이렇게 떴다. 하지만 터널 안에서는 휴대전화가 잘 터지지 않는 모양이었다. '여보세요' '아빠'를 번갈아 부르던 기형이가 곧 전화를 끊었다. 터널에서 나오자 다시 전화가 왔다.

"너, 어디냐? 왜 안 와?"

기형이 아빠 목소리는 아직도 풀 먹인 옷감처럼 빳빳했다.

"지금 가는데요. 예? 아니에요. 고속 열차를 탄 게 아니고요, 무궁화 열차를 탔어요. 예? 어디라고요? 서울역이요?"

기형이 얼굴이 벌겋게 달아올랐다. 기형이 아빠가 서울역에서 기다리고 있다고 했다. 기형이 아빠는 기형이와 내가 타고 있는 칸이 몇 호 차이고 좌석이 몇 번인지도 물었다.

"야, 기차는 사고 잘 안 나지?"

전화를 끊고 난 기형이가 나를 멍하니 바라보며 물었다. 정신이 빠진 표정이었다.

"기차가 사고나 났으면 좋겠다. 그러면 아들이 죽느냐 사느냐하는 마당에 아빠가 야단치지는 않겠지. 아악! 내가 우리 아빠 때문에 못 살겠네. 아니, 내가 무슨 여섯 살이냐? 변성기 지났고 거기에도 털이 시커멓게 났고 겨드랑이 털도 아빠보다 숱이 많고 키도 솔직히 내가 1센티미터 더 크다고. 그런데 내가 무슨 유괴라도 당하냐? 왜 이렇게 난리냐? 아무튼 서울역에 도착하는 순간 나는 죽었다. 너는 그 기막힌 현장을 목격하게 되는 거고. 에휴~."

기형이는 한숨을 내쉬었다.

"원래 아빠들은 그렇다."

나는 혼잣말처럼 중얼거렸다.

"뭐?"

"우리 아빠도 내가 학원 갔다 조금만 늦게 와도 계속 전화했었다. 그때 언제더라? 네가 꼬셔서 영화 보러 갔다가 늦은 날, 그날은 부재중 전화가 열다섯 통이나 와 있었다."

"웃기네. 아빠들이라고 다 그런 줄 아냐? 상운이 아빠는 상운이가 몇 학년인지 그것도 헷갈려 한다더라. 사사건건 간섭하고 그러는 거는 원래 엄마들 몫이야. 드라마나 영화 같은 거 봐도 그렇잖아. 태산이 너는 엄마가 일찍 돌아가셔서 그렇다고 치고 우리 집은 엄마가 시퍼렇게 눈뜨고 있는데 왜 우리 아빠가 그러는지 모르겠어. 엄마의 의무와 권리를 박탈하고 혼자 난리야. 힘은 왜 그렇게 센지 귀를 한번 잡혔다가 찢어지는 줄 알았다. 와~ 진짜 걱정되어 미치겠네."

기형이는 미치겠네, 소리를 수십 번 하고 나서 조용해졌다. 조용해도 너무 조용해서 옆을 봤더니 입을 벌리고 자고 있었다.

나는 아빠가 서울역에 와서 기다리고 있는 상상을 했다. 기형이 아빠처럼 곧 잡아먹을 것처럼 화를 내지는 않겠지만 허락을 받지 않고 밤에 집에 들어가지 않았다면 아빠도 서울역에 쫓아올 사람이다.

기차가 한강 다리를 건너고 있을 때 기형이는 잠에서 깼다. 부스스한 눈으로 밖을 확인한 기형이는 금세 긴장한 표정을 지었다.

기차에서 내리자마자 두꺼비같이 두툼한 손이 기형이 목덜미를 낚아챘다.

"너 이놈의 새끼야. 어린놈이 간덩이가 부어도 정도가 있지. 거짓말하고 나가서 외박을 해? 그것도 부산까지 가서? 이놈의 새끼, 부산은 왜 간 거냐, 응?"

그러고는 무지막지한 욕 폭탄이 기형이의 등으로 마구 쏟아졌다.

"아~씨, 아빠. 쪽팔리게."

"뭐? 아이 씨이? 뭘 잘했다고 욕이야?"

콧잔등을 찡그리며 한마디하던 기형이 등짝에 기형이 아빠의 손바닥이 사정없이 떨어졌다.

"아, 진짜 그만해요. 태산이가 일이 있다고 해서 같이 간 거란 말이에요. 태산이가 만날 사람이 있다고 해서요."

기형이는 두 손으로 얼굴을 감싸고 말했다. 언어맞는 곳은 등짝인데 얼굴을 가리는 걸 보니 무지하게 창피한 모양이다. 하긴 기차에서 내린 수백 명 앞에서 가출한 불량 청소년이 되고 말았으니.

"태산이?"

그제야 기형이 아빠가 뒤를 돌아봤다.

"태산이 네가 정말 만날 사람이 있었어? 우리 기형이 놈이 놀러 가자고 꼬드긴 게 아니고?"

기형이 아빠는 기형이 등짝에 소나기처럼 퍼붓던 손바닥을 거두었다.

"만날 사람이라니? 부산에 친척이라도 살고 있는 거야?"

바락바락 소리치던 목소리에서 악이 빠져나가자 나긋나긋하고 부드러운 목소리가 나왔다.

"놀러 가자고 꼬드기기는 누가 꼬드겨요? 제가 뭐 어린아이인 줄 알아요? 태산이가 지금 어디 놀러 갈 때냐고요? 태산이 친척이 살고 있다고 해서 같이 갔다 온 거라고요. 태산이가 혼자 가기는 좀 그렇잖아요."

기형이가 이때다 싶은지 목소리를 높였다. 아주 그냥 목소리에 기가 팔팔 살아 있었다.

"그럼 그렇다고 사실대로 말하고 갈 일이지. 사실대로 말하면 내가 가지 말라고 할 사람이냐, 어디?"

기형이 아빠는 멋쩍은지 바지를 툭툭 털며 말했다.

"가자."

기형이 아빠가 앞장섰다.

"아, 진짜. 등짝 다 내려앉았네. 뼈가 부러진 것 같다고. 척추에 이상 생겨서 키 크지 않으면 이게 다 아빠 때문인지 알라고요."

기형이는 뒤따라가며 계속 구시렁거렸다.

"이놈아. 너처럼 눈만 떴다 하면 사고치려고 용쓰는 놈한테는 아빠 같은 사람이 딱 지키고 있어야 하는 거다. 그래야 억지로라도 할 일 찾아 하고 제 몫 하고 사는 놈이 되지. 나 같은 아빠가 있는 것도 다 복인 줄 알아라, 알았어?"

"복은 무슨……."

기형이가 계단 손잡이를 걷어찼다.

나는 주위를 둘러보았다. 아빠가 저 사람들 속 어디선가 두리번거리며 나를 찾고 있을 것 같았다. 나는 집중하고 귀를 기울였다. 나를 부르는 아빠 음성이 들리는 것 같았다. 나는 어느새 입을 벌리고 "예" 하고 대답하고 있었다.

서울역을 나와 기형이 아빠 차에 탔을 때 나는 아빠가 내 곁을 떠나고 없다는 걸 다시 한 번 깨달았다. 어젯밤에 집에 들어가지 않았어도, 아니 오늘부터 영원히 집에 들어가지 않는다고 해도 아빠는 나를 찾을 수 없다는 걸 깨달았다.

불안은 커지고

집에는 용식이 형이 와 있었다. 오늘부터 가게 문을 열었다고 했다. 떡집 아저씨 말로는 빨리 장사를 하겠다고 용식이 형이 재촉했다고 했다.

손님에게 좁쌀을 팔고 있다 나를 발견한 용식이 형은 단숨에 달려와 나를 덥석 안았다. 용식이 형에게서 냄새가 났다. 땀 냄새 같기는 한데 땀 냄새라고 말하기에는 어딘가 달랐다. 기형이에게서 나는 그런 누린내 같은 땀 냄새가 아니라 한참이나 푹 안겨 있고 싶은 그런 냄새였다.

"슬프지?"

용식이 형은 나를 힘껏 안았다. 용식이 형의 '슬프지'라는 단 한

마디에 나는 가슴 저 밑에서 뭔가가 쏟아져 내리는 느낌을 받았다. 나는 용식이 형 앞에서 울고 말았다.

그래, 슬프다. 말도 못하게 슬프다. 하지만 아빠가 세상을 떠나고 난 후 누구도 나에게 '슬프지?' 이런 말을 묻지 않았다.

"어쩐다니?"

"괜찮을 거니 걱정하지 마라."

"잘 해낼 수 있을 거다."

다들 이렇게 말했다.

나에게 어떠냐고 물어보면 내가 뭐라고 대답할 수 있을까. 아빠도 없이 내가 뭘 잘 해낼 수 있으며 이 넓은 세상 천지에 나 혼자 남았는데 뭐가 괜찮으니 걱정하지 말라는 말인지.

나는 정말 너무나도 슬퍼서 장례식 내내 어디 골방에라도 틀어박혀 땅을 치며 울고만 싶었는데 누구도 그렇게 하라고 말해주지 않았다. 의연해라. 의연해라, 그래야 험한 세상 살아낼 수 있다, 모두들 그런 표정들이었다.

나는 용식이 형의 넓은 품에 안겨 엉엉 울었다. 아빠가 세상을 떠나고 난 후 처음으로 소리 내어 이렇게 울어보는 거였다. 용식이 형이 나를 따라 울었다. 처음에는 입을 비죽비죽하며 울더니 급기야 나보다 더 소리를 높여 통곡했다. 나와 용식이 형의 울음은 콩을 사러 온 손님이 가게로 들어오면서 끝이 났다.

"많이 많이 줄게요."

용식이 형은 느릿느릿 말하며 검은 비닐봉지에 콩 한 됫박을 넣더니 그만큼을 덤으로 넣어주었다. 나는 아직 물기가 마르지 않은 눈으로 그 모습을 보며 걱정했다. 저렇게 장사해서 남는 게 있겠냐? 몇 달 만에 말아먹기 좋겠다.

"아이구, 총각이 인심도 좋네. 장사 잘하는 거야. 이렇게 해야 한 번 온 손님이 계속 오지."

콩을 사가는 아줌마의 입이 함지박처럼 벌어져 귀에 걸렸다. 빈말이 아니라 꼭 다시 올 거 같았다.

"자, 돈."

용식이 형이 앞에 매단 주머니에서 돈을 꺼내 내 손에 쥐어주었다.

"오늘 장사한 거. 니가 주인이니까."

용식이 형은 동전 하나까지 톡톡 털어냈다.

"아니야. 장사한 거는 떡집 아저씨 줘. 그래야 쌀도 들여오고 여러 가지 물건도 들여와."

나는 돈을 다시 용식이 형에게 내밀었다. 그러자 용식이 형은 눈을 크게 뜨고 고개를 마구 저었다. 내가 주인이니까 주인이 가지고 있어야 옳은 거라고 했다.

"슬프지?"

그러더니 용식이 형은 다시 나를 와락 안고 울음을 터뜨렸다.

용식이 형의 울음소리에 나도 다시 울음보가 터지고 말았다. 한참을 그렇게 울고 나자 땀도 나고 목도 아팠다. 이제 그만 놓아줬으면 좋겠는데 용식이 형은 영 놓아줄 생각을 하지 않았다.

"슬프지?"

용식이 형은 아직도 눈물을 줄줄 흘리고 있었다. 슬프기는 슬픈데, 말도 못하게 슬픈데 이제 약간은 용식이 형의 행동이 부담스러웠다. 나는 목이 마르다는 핑계로 용식이 형을 밀어냈다. 나에게 떠밀려 나서도 용식이 형은 한참 동안이나 그 큰 눈에 눈물을 그렁거렸다.

가게 문을 닫고 나서 용식이 형이 공책 한 권을 펼쳤다. 공책을 넘겨 본 나는 웃음이 쿡 나왔다. 목욕탕에서 때밀이를 할 때 쓰던 공책 같았다. 용식이 형에게 때 밀던 단골들의 이름과 그들이 때를 민 날짜가 낱낱이 적혀 있었다.

"여, 여기."

용식이 형이 공책을 두 장 더 넘겼다. 오늘 날짜와 오늘 판 물건들 액수가 적혀 있었다. 나는 공책과 돈을 떡집 아저씨에게 주라고 말했지만 용식이 형은 그 말에 펄쩍 뛰었다. 억지로 내 품에 돈과 공책을 안겨주고 내일 아침에 온다며 돌아갔다.

방으로 들어와 담임에게 전화를 했다. 담임은 내 휴대전화가 꺼져 있어서 더 불안했다고 했다. 담임은 전화를 끊고 나서 정확하게 한 시간 뒤에 집으로 찾아왔다.

"지난번에 선생님이 말한 대로 방학 동안이라도 우리 집에 가 있자. 분위기를 잠깐 바꿔보는 것도 마음을 추스르는 데 괜찮을 거다."

담임의 말에는 담임이 나를 얼마나 걱정하는지 그 마음이 고스란히 들어 있었다. 나는 그걸 알 수 있었다. 그렇다고 해서 담임을 따라나서고 싶지는 않았다.

"아니에요. 그냥 집에 있겠어요. 제가 집을 떠나면 아빠가 서운하실 거예요."

나는 아빠가 지금도 집 안 어딘가에 서성거리고 있을 거라는 생각을 떨치지 못했다.

담임은 혼자 돌아갔다. 나는 용식이 형이 가게에서 일하게 되었으며 용식이 형과 마음이 잘 맞을 것 같다고 걱정하지 말라고 말했다. 담임은 어떤 일이 있어도 내 고집이 꺾이지 않을 걸 알았는지 더는 말하지 않고 돌아갔다.

담임이 돌아가고 혼자 남게 되자 나는 또 아빠의 냄새를 찾아다녔다. 식탁 의자를 껴안고 한참을 앉았다가 아빠 냄새가 찌든 안방 벽지에 매미처럼 몸을 붙이고 또 한참을 있었다.

그러고 있는데 떡집 아저씨가 오늘 팔다 남은 떡이라며 무지개떡 한 팩과 꿀떡 한 팩을 가져왔다.

"부산에 뭐 하러 갔었니?"

떡집 아저씨는 무지개떡의 비닐을 벗겨내 내 앞으로 밀어주며 물었다.

"……."

미처 생각하지 못했던 질문이다. 부산에서 오는 내내 기형이 때문에 정신이 없었고 기형이 아빠 때문에 혼이 빠졌었다. 떡집 아저씨에게 어떻게 둘러대야겠다는 생각을 미처 못 했다.

"기형이 아빠 말로는 부산에 친척이 살고 있어서 만나러 갔다고 하던데?"

"네? 친척…… 아니 그게 아니고요."

하여간 머리 나쁜 놈은 평생 가야 도움이 되지 않는다. 하필이면 둘러대도 친척이라고 둘러댔을까. 지난번 오촌 아저씨인지 누군지 왔을 때 떡집 아저씨가 말도 못하게 싫어했는데. 돈이 있다 싶으면 왕래 없던 친척 나부랭이들이 냄새 맡고 찾아온다고 했는데 내가 직접 찾아 나섰다고 생각할 거 아닌가. 하여간 거짓말도 그렇게밖에 못하는 지지리도 머리 나쁜 놈.

"그게 아니고 부산 구경 하러 갔어요."

"부산 구경? 바다 보러?"

"예."

"그래. 답답했나 보구나. 잘했다. 하지만 앞으로는 그러지 마라.

걱정 많이 했다.”

떡집 아저씨는 더 이상 말하지 않고 돌아갔다.

나 살아 있음.

기형이에게서 문자가 왔다. 거기에다 하트 모양의 이모티콘까
지 실려 보냈다. 내가 친척 찾아가는 데 같이 갔다고 그럴듯한 거
짓말을 해댔으니 당연히 무사했겠지.

미용실 주인한테 전화 안 왔냐?

아니.

그러고 보니 그렇다. 왜 전화가 안 오지? 제일 눈에 잘 띄는 곳
에 턱하니 쪽지를 붙이고 왔는데 말이다. 미용실에 들어서는 순간
안 보려야 안 볼 수 없는 위치다.

이상하다.

그러게.

혹시 쪽지가 사라진 거 아니냐? 네가 전화 해봐. 돈 없어진 거 알고 도둑으로 신고하면 어떻게 해? 전화하고 나서 문자 바람.

나는 당장 전화를 했지만 전화를 받지 않았다. 몇 번이나 다시 했지만 마찬가지였다. 전화를 받지 않는다는 문자를 보내자 기형이는 답문자를 보내는 대신 전화를 했다. 오늘은 쥐 죽은 듯 찍소리도 하지 말고 입에 풀칠하고 집에 붙어 있으라는 아빠의 눈을 피해 화장실에 박혀 전화하는 거라고 했다. 기형이는 일어날 수도 있는 일들을 심각하게 얘기했다. 처음에는 뭐 대단한 상상력일까 싶어 시큰둥하게 들었지만 들으면 들을수록 기형이의 상상에는 설득력이 있었다.

기형이의 상상은 이러했다. 나와 기형이가 미용실에서 나온 뒤 누군가 미용실로 들어갔다. 파마를 하려는 손님일 수도 있고 놀러 온 사람일 수도 있다. 미용실에 들어간 사람은 거울 위에 붙은 쪽지를 봤다. 궁금증을 이기지 못해 쪽지를 펼쳤고 금고니 돈이니 꺼내가니 갚느니, 뭐 이런 걸 다 알게 되었고 손금고에 슬금슬금 눈이 가게 되었다. 당연히 손금고를 열어봤겠고 그 안에 돈이 있음을 알게 된다. 견물생심이라, 옛사람들의 말은 진리와 같은 것이다. 그 사람은 돈을 가지고 미용실을 나갔다. 이제 기형이와 내가 그 돈을 다 가지고 도망간 도둑이 된다는 거다. 왜냐, 미용실 주인 남자가 미용실을 나갈 때 나와 기형이가 네 활개 치고 자고 있었고 할머니가 왔다 갔을 때도 미용실에는 나와 기형이가 있었기 때문이다. 빼도 박도 못하고 도둑이 되는 순간이다.

"그러니까 너랑 나랑 손금고 안에 있던 돈을 다 가지고 왔어야 해. 그러고 나서 다 갚으면 되었잖아. 손금고 안을 텅 비워놓고 왔어야 하는데."

기형이가 탄식했다.

"그러면 이제 어떻게 되는 거냐?"

기형이의 상상이 현실이 된다면 큰일이다.

또 기형이의 상상이 시작되었다.

미용실 주인 남자는 경찰서에 신고를 할 거다. 우리의 이름도 성도 모르나 생긴 걸 알고 있으니 몽타주를 그리기는 누워서 떡먹기일 거다. 곧 전국의 각 경찰서 게시판은 물론이고 공공장소에는 나와 기형이의 몽타주가 떡하니 붙여질 거라고 했다. 그러고 며칠 지나지 않아 경찰에 잡혀갈 테고 그다음은 상상하지 않아도 대한민국의 법이 알아서 한다고 했다.

나는 기형이에게 마구 퍼부어댔다. 이게 다 너 때문이다. 남의 의견은 묻지 않고 제멋대로 부산까지 쫓아온 못 말리는 오지랖이며 돈도 없는 주제에 생선구이를, 그것도 큰 걸로 떡하니 시켜 먹는 심보하며 어차피 부산에 온 거 다 들통 날 거 돈이 없으면 집에

이실직고해서 차비를 보내달라고 했으면 이런 일도 없었을 거다. 그런데 금고에서 돈을 꺼내가자며 뭐? 훔치는 게 아니라 빌리는 거라고?

가뜩이나 아빠가 돌아가셔서 슬픔에 빠진 친구에게 이렇게 하고 싶냐? 친구가 아니라 원수다, 원수.

목구멍을 타고 뭔가가 울컥울컥하더니 나도 모르게 눈물이 쏟아졌다.

"아빠."

나는 전화기에 대고 아빠를 불렀다. 기형이는 말없이 내가 우는 것을 듣기만 했다. 한참을 울고 나서 나는 기형이가 전화를 끊은 것을 알았다. 뭐, 저런 놈이 다 있나 모르겠다. 물론 전화기에 대고 통곡하는 소리를 듣자니 당황스럽기도 하고 또 다 제 탓이라고 생각하니 미안하기도 해서 면목 없어 끊었을 수도 있다는 생각이 들었지만 그 생각보다 꽤씸한 생각이 더 많이 들었다.

안개꽃처럼 출렁이다

새벽부터 세상을 집어삼킬 듯 천둥이 쳤다. 폭우였다. 오랜만에 내리는 비는 그동안 참았던 것을 한 번에 쏟아내는 것 같았다.

몸은 방바닥 밑으로 꺼질 것처럼 피곤했다. 으슬으슬 춥기도 하고 팔뚝에 한 번씩 소름이 확 돋기도 했다. 하지만 자려고 눈을 감으면 머릿속은 점점 더 맑아졌다. 일어났다, 누웠다를 반복하다 보니 새벽이었다.

기형이 말대로라면 일이 심각하게 되었는데 돈을 갚자면 삼만 원만 갚으면 되는 건가, 아니면 손금고 안에 있던 돈만큼 다 갚아야 하는 건가. 머릿속이 터질 것 같았다. 기억을 더듬어보니 손금고 안에는 그다지 많은 돈이 있었던 것은 아니었다. 모두 갚아야 한다면 갚지 못할 것도 없었다. 문제는 무슨 수로 돈을 갚을지 모르겠다는 것. 다시 부산으로 가야 하나? 아님 모르는 척 전화해서 계좌번호를 물어보고 입금시켜야 하나. 코빼기도 안 보이고 입금시킨다고 하면 괘씸하게 생각하지는 않을까. 그래, 아무래도 직접 찾아가서 이것은 이렇게 된 거고 저것은 저렇게 된 거라고 전후 사정을 얘기하는 게 도리겠다. 하지만, 하지만…… 생각은 꼬리에 꼬리를 물고 이어졌다. 돈을 갚겠다는 마음은 있지만 이미 경찰서에 신고를 해놓았다면 그것도 큰 문제일 것 같다. 몽타주가 붙었다면 마음대로 다닐 수가 없을 거다. 부산까지 가보지도 못하고 잡힐 수도 있다. 아! 머리 아파, 머리 아파. 머릿속이 복잡해질수록 기형이가 원망스러웠다. 나는 이렇게 고민으로 밤을 지새우고 있는데 기형이는 잘 자고 있을 생각을 하니 속이 뒤집어졌다. 이 상황에서도 코 골며 잘 놈이다.

빗소리가 잦아들고 창문이 밝아올 무렵 머릿속에 아지랑이가 자욱이 끼더니 정신이 아득해졌다. 나는 이불을 뒤집어쓰고 눈을 꼭 감았다. 두꺼운 이불을 덮었는데 왜 이렇게 춥냐.

몸살이었다. 거기에다 여름에 독감 걸린다는 말 들어나 봤나. 나는 세상에 태어나 처음으로 병원에 입원했다.

"어른들 말로는 한 번 아플 때 되었다고 하더라. 실컷 아파라."

기형이는 내 옆을 지켰다. 옆에서 화장실 가는 거나 도와주고 밥이 오면 밥 쟁반이나 자리로 날라주며 가만히 있었으면 진짜 진심으로 고마웠을 거다.

"이런 거 남겨놓으면 퇴원할 때 짐밖에 안 된다."

기형이는 떡집 아저씨가 수시로 가져다주는 간식거리를 입에 달고 살았다. 결국에는 밥 먹을 때 옆에 앉아 내 밥을 뺏어먹는 것도 모자라 병실을 돌며 거지처럼 먹을 거를 얻어 입이 터지도록 우물거리며 다녔다.

그뿐이면 말도 안 한다. 효미에게 왜 연락을 해가지고 병실에서 꽃다발 받게 만드느냐고. 허벅지가 다 드러나는 것도 모자라 움직일 때마다 엉덩이 살이 살짝살짝 보이는 핫팬티에 가슴골까지 파인 쫄티를 입은 효미가 꽃다발을 들고 병실에 들어섰을 때였다. 기형이 말대로 미스 월드 뺨치는 효미의 등장에 병실 사람들의 눈은 약속이나 한 듯 나와 효미에게 쏠렸고 입은 건지 벗은 건지 모르는 효미의 의상에 나는 내가 알몸이 된 듯 낯 뜨거워 견딜 수가 없었다.

꽃다발을 냉큼 받아 내 품에 털썩 던진 기형이는 음흉한 눈빛으로 효미를 삽시간에 훑어 내려갔다. 그러고는 뭐가 좋은지 혼자 킥킥거리며 냉장고를 열고 그 안에 있는 모든 것을 효미 뱃속에 넣어줄 기세로 과잉 친절을 베풀었다.

나는 기형이가 그러는 동안에도 효미와는 눈도 마주치지 못하고 빨간색 장미꽃잎만 쥐어뜯고 있었다. 솔직히 말해 나는 효미에게 별 관심이 없었다. 효미는 예쁘기는 하나 그 뭐라더라? 그래, 소울, 효미에게는 소울이 없었다. 그저 눈, 코, 입, 잘 만든 인형 같은 아이였다. 그런데 빨간 장미 몇 송이를 섞은 출렁거리는 안개꽃을 보자 내 가슴도 안개꽃처럼 출렁이기 시작했다.

기형이의 수작은 먹는 거에서 끝나지 않았다. 부산에 다녀왔던 일을 무슨 모험담처럼 늘어놓기 시작했다. 물론 해리 미용실 이야기는 쏙 빼고 오로지 부산 구경을 다녀왔다는 식이었는데 살아 있는 뱀을 잡아서 먹고 왔다는 말에 효미는 짙은 양쪽 눈썹을 찡그리며 쓰러지는 시늉을 했다.

곰장어는 졸지에 뱀으로 둔갑하여 시퍼런 껍질이 벗겨지는데 죽어가며 그 매서운 눈으로 나와 기형이를 쏘아봤다는 거다. 거짓말인 걸 분명히 알고 있는 나도 소름이 오싹 끼쳤다.

기형이는 지칠 줄 모르고 온갖 잡동사니 같은 이야기까지 부풀려 얘기했다. 병실 사람들이 참다못해 시끄럽다고 소리를 치고 나서야 효미는 학원에 가야 한다며 돌아갔고 기형이는 보조침대를 꺼내 엎어져 낮잠을 잤다.

기형이는 한 번씩 "미용실에서 왜 전화가 안 오지?" "아무리 잘못을 해도 아픈데 잡아가지는 않겠지?" 이러면서 불안감을 조성시키기도 했다. 그러면서 전화를 해보라고 했다. 하지만 전화를 해도 받지 않았다.

나는 퇴원하고 나면 부산에 가봐야겠다는 생각을 굳혔다. 가다 잡히나 앉아 있다가 잡히나 잡히는 것은 마찬가지고, 가다 잡히면 내 잘못을 만회하기 위한 어떤 행동을 취했다고 여겨질 수 있으니 죄가 좀 줄어들지 않을까 하는 기대도 솔직히 조금 있었다. 그리고 한편으로 좁쌀처럼 아주 작은 또 다른 생각도 있었다. 아빠가 꼭 찾아가라고 했던 것, 곱씹어 생각해봐도 분명 뭔가가 있을 거다. 공연히 그런 말을 남길 아빠가 아니었다. 지난번에 알아내지 못한 것을 다시 한 번 가보면 알아낼 수 있을지도 모른다.

퇴원하는 날. 나는 소금에 절여 쪼그라든 오이처럼 기운이 없어 비틀거리는데 기형이는 병원에 오기 전보다 훨씬 더 기름기 반질거리는 얼굴이 되었다.

"우리, 부산 가자."

나는 집으로 돌아오자마자 기형이에게 말했다.

"나도?"

기형이 눈이 휘둥그레졌다.

"그럼 같이 가야지 나 혼자 가나?"

"……그냥 전화해서 계좌번호 알아내 입금시키면 안 되겠냐? 돈을 왕창 보내주면 되지. 금고 안에 있던 돈보다 훨씬 많이."

"전화를 안 받잖냐? 몇 번 해도 안 받는다."

"언젠가는 받겠지."

"그때까지 불안해서 어떻게 사냐? 빨리 해결을 봐야지."

"내가 또 부산 갔다가 우리 아빠한테 걸려봐라. 그날로 끝이다. 돈 갚으러 가는데 굳이 둘이 갈 필요 있냐? 둘이 가려면 차비도 많이 들지, 밥 사 먹으려면 밥값 들지. 돈이 무거워서 둘이 들고 가야 하는 것도 아니고 너 혼자 갔다 와라. 그리고 쪽지에도 네 전화번호를 적어놨잖냐? 나는 너무너무 피곤해서 집에 가서 잘란다."

기형이는 그 큰 몸집을 잽싸게 놀려 방에서 나갔다. 잡을 시간도 없었다. 지금껏 기형이가 저렇게 빠르게 행동하는 거는 본 적이 없었다.

그래, 좋다. 이 문제만 해결하고 나면 너 같은 놈은 쳐다보지도 않을 거다, 친구고 뭐고 이제 끝이다. 기형이에 대한 원망으로 속이 부글부글 끓었다.

용식이 형은 내가 입원해 있는 동안 번 돈을 공책과 함께 내놨다. 공책에는 새로 쌀을 들여오고 콩팥을 들여오느라 떡집 아저씨가 가져간 돈도 기록해놓았다.

목욕탕 때밀이 시절, 아빠에게 음료수 몇 번 얻어 마시고 따뜻한 말 몇 마디 들은 걸로 이렇게 의리를 지키는 용식이 형도 있는데 기형이는 뭐냐? 내가 사준 떡볶이, 만두, 햄버거, 다 모아놓으면 한 트럭은 되겠다. 에이, 의리라고는 개미 발톱의 때만큼도 없는 놈.

떡집 아줌마가 죽을 끓여 왔다. 전복을 얼마나 많이 넣었는지 전복 반, 쌀 반이었다.

"영양가 있는 거를 먹어야 후딱 낫지."

떡집 아줌마는 따뜻할 때 어서 먹으라며 숟가락을 손에 들려주었다. 기형이 때문에 썰렁했던 가슴이 따뜻해졌다.

"태산아. 너는 어떻게 생각하니?"

떡집 아줌마가 장조림 찢은 것을 젓가락으로 집어 숟가락에 올려주며 물었다. 나는 대답 대신 떡집 아줌마를 바라봤다.

"나하고 아저씨 말이다."

떡집 아줌마 귀밑이 불그스름해졌다. 떡집 아저씨와 떡집 아줌마, 아빠가 있을 적부터 가족처럼 지냈고 아빠가 세상을 떠나고 나서도 변함없이 나를 위해주는 분들이다.

"우리, 나쁜 사람들 아니다. 여태껏 세상을 살아오면서 남의 눈에 눈물 나게 한 적 없고 내 거 남에게 하나 더 주면 더 줬지 욕심 부려본 적도 없고. 알지?"

"예."

대답하는 순간 씹지 않은 전복이 꿀꺽 넘어가고 말았다.

"캑캑."

요란한 기침과 함께 씹던 죽과 전복이 튀어나왔다.

"이를 어째, 이를 어째."

떡집 아줌마는 앞치마를 들어 내 입가를 문질러주었다. 떡집 아줌마 앞치마에서 고소한 콩가루 냄새가 났다.

"아이고 내 정신 좀 봐라. 시루떡 주문이 들어왔는데 이러고 있다. 마저 먹고 폭 쉬어라."

떡집 아줌마가 벌떡 일어났다.

"아줌마. 저, 내일 어디 좀 다녀와야 하는데요."

나는 방을 나서는 떡집 아줌마 뒤에 대고 빠르게 말했다. 어디를 가든 말든 내 마음대로인데 이상하게 떡집 아저씨와 아줌마 눈치를 보게 된다.

"어딜?"

떡집 아줌마가 놀라며 뒤돌아봤다. 떡집 아줌마가 너무 놀라는 바람에 하려던 말이 자라목처럼 쏙 들어갔다.

"어딜?"

떡집 아줌마가 다시 물었다.

"다, 담임 선생님 집에요."

생각지도 못한 말을 하고 말았다.

"한 번 오라고 했거든요."

"그래? 그럼 다녀와야지. 인절미 한 되 해줄 테니 가져다드려."

기분이 이상했다. 떡집 아줌마가 꼭 우리 엄마 같았다. 나는 대답도 못하고 떡집 아줌마를 물끄러미 바라봤다.

아침 일찍 인절미가 가득 든 통을 들고 집을 나섰다. 내가 가진 모자 중에서 가장 챙이 긴 모자를 눌러썼다. 너무 눌러써서 앞이 잘 보이지 않을 정도였다.

땅만 보고 걸었다. 고개를 들면 누군가가 '쟤 몽타주랑 닮지 않았니?' 이렇게 말할 것 같았다. 지하철역까지 짧은 거리가 길어도 엄청 길게 느껴졌다. 지하철 안에서도 맨 구석 자리에서 벽을 보고 서 있었다. 도망갈 수 있으면 도망가고 싶다. 설령 지금 이 순간 내 몽타주가 전국 방방곡곡에 붙어 있더라도 어디 섬 같은 곳으로 도망가 한동안 숨어 지내면 얼마 지나지 않아 사람들은 나를 잊을 거다. 요즘 사람들이 얼마나 바쁜데. 솔직히 말해 그 돈을 전부 가져간 것도 아니고 내가 꺼낸 것은 삼만 원이었다. 믿어주지 않겠지만 말이다. 그깟 돈을 훔쳐간(물론 빌려간 거지만) 도둑을 오래 기억할 사람은 아무도 없다.

이 생각 저 생각을 하다 보니 금세 서울역이었다. 인절미는 뭐 하러 만들어줘서 어깨가 빠져나갈 것 같았다.

휴가철이라 그런지 부산으로 가는 기차표가 거의 매진이었다. 시발역이기 때문에 자유석을 끊으면 앉아 갈 수도 있다고 했다. 지정된 좌석을 주는 것도 아니면서 좌석을 주는 기차표 가격과 차이도 별로 없었다.

"하나 더 끊어라."

막 돈을 내고 있는데 굵직한 목소리가 귓전에 울렸다. 기형이었다.

"자식, 놀라기는. 네가 그 험한 길을 가는데 형님이 어떻게 모른 체하냐? 죽어도 같이 죽고 살아도 같이 살아야지."

기형이가 내 머리를 마구 헝클어뜨리며 웃었다. 그 순간 기형이에 대한 미움이 비누 거품 꺼지듯 흔적도 없이 사라졌다. 미움은 커녕 감격해서 기형이 손을 덥석 잡을 뻔했다. 그렇다고 금세 헤벌쭉 웃으며 기형이를 반기기에는 자존심이 상했다.

"너랑 같이 살고 같이 죽고 싶은 생각 없거든."

"그럼 도로 갈까? 아, 튕기기는."

기형이는 매표소 안을 향해 "부산까지 한 장 더 주세요" 하고 소리쳤다.

"자유석을 타려면 얼른 가야 앉을 수 있다더라."

어디서 주워들은 정보는 많아가지고 표를 끊자마자 기형이는 내 손을 잡고 달렸다. 18호차와 19호차가 자유석 차량이었다. 그새 대부분의 자리가 차 있었다.

"이것 봐라. 조금만 늦었으면 부산까지 서서 갈 뻔했다."

기형이와 나는 문 옆 남은 좌석에 앉았다.

"니네 아빠한테 죽는다면서 어떻게 왔냐?"

"뜻이 있으면 길이 있는 법이다. 마침 오늘 교회에서 일일캠프 간다고 하드라. 거기 간다고 거짓말하고 나왔지."

어쩐지 과하다 싶을 정도로 짧은 반바지에 주황색에 연두색 줄이 그어진 슬리퍼를 신고 있다.

"니네 아빠가 교회는 가라고 하냐?"

"우리 아빠가 얼마나 진심으로 하느님을 믿는데, 새끼야. 하느님이 하지 말라고 하는 거는 절대 안 하거든. 순종하는 하느님의 종이지."

왠지 기형이 아빠의 외모와는 어울리지 않는 말이다. 순종이라는 단어가 말이다.

기차가 출발하고 얼마 되지 않아 기형이는 인절미 한 통을 다 해치웠다. 그러고 나서도 양이 차지 않는지 수레가 지나갈 때마다 힐끗거렸다.

"돈은 가져왔냐?"

기형이 생각난 듯 물었다.

"가져왔다."

"충분히 가져왔냐?"

그건 잘 모르겠고 그날 손금고 안에 있었던 돈만큼은 가지고 왔다. 용식이 형이 벌어주는 돈을 이렇게 써도 괜찮은지 모르겠지만 아무튼 가지고 왔다.

"그럼 태산아."

갑자기 기형이 목소리가 나긋나긋해졌다.

"우리 호두과자 한 상자만 사 먹자."

"에라이, 이 새끼야."

나는 기형이 머리통을 쥐어박았다. 그러다 또 돈이 모자라면, 그때는 어쩔 건데? 하여간 이 새끼는 무슨 생각으로 사는지 모르겠다.

낯설지 않은 사진 속 여자

당분간 쉽니다.

해리 미용실 문에는 노란 테이프로 붙인 종이가 나풀거리고 있었다. 붙인 지 며칠 지났는지 테이프 가에는 먼지가 까맣게 앉아 있었다.

"당분간이 무슨 뜻이냐?"

기형이가 선팅이 짙게 된 유리문에 얼굴을 대고 안을 들여보려고 안간힘을 쓰며 물었다.

"아주 그만둔다는 뜻은 아니지?"

그만둔다는 뜻은 아니지.

"아, 진짜 미치겠네. 신고는 한 거야, 안 한 거야?"

기형이는 거대한 몸집으로 유리문을 비비며 짜증을 부렸다. 그때였다. 기형이 몸부림에 덜거덕거리던 유리문이 삐빅, 소리를 내며 약간 열렸다. 순간 나와 기형이는 마주 보며 누가 먼저랄 것도 없이 침을 꼴깍 삼켰다.

미용실 안은 컴컴했다.

들어가 볼까? 기형이가 눈으로 물었다. 여기까지 왔는데 들어가야 하지 않을까? 나 역시 눈으로 대답했다.

미용실 안으로 발을 들여놓으며 이래도 되는 건가, 주인 없는 가게에 허락 없이 들어가는 것도 분명 죄일 텐데. 이러다 정말 빼도 박도 못하는 도둑이 되는 거는 아닌가, 온갖 생각들이 실타래처럼 칭칭 감겨 머릿속을 어지럽게 했다.

한여름인데도 한기가 느껴졌다. 미용실 특유의 파마약 냄새도 샴푸 냄새도 나지 않았다. 칙칙한 곰팡이 냄새 같은 것만 미용실 안에 가득했다.

거울에 붙여놨던 쪽지는 보이지 않았다. 누군가 읽었다는 증거다. 가슴이 덜컥 내려앉았다. 손금고는 그 자리에 있었다.

"돈 넣어놓고 또 쪽지 써놓고 갈까?"

기형이가 속삭였다.

"뭐라고 써?"

'삼만 원을 빌려갔는데 전화가 없어 직접 돈을 갚으러 왔었다. 그런데 주인이 없어서 돈만 남기고 간다. 우리는 절대 훔쳐가지 않았고 빌려간 것뿐이었다.' 이렇게 쓰자고 했다.

"그럼 돈은 얼마를 넣어놓아야 하냐? 삼만 원만 넣어야 되냐, 아니면 그날 손으로 만져졌던 그만큼 넣어놓고 가야 하는 거냐?"

여기에서 기형이와 내 의견이 갈렸다. 화장실 갈 때 마음과 나올 때 마음이 다르다고 했다. 경찰에 신고했을 것이고 미용실 주인 남자가 눈에 불을 켜고 나와 기형이를 찾고 있을 거라는 상상을 하며 서울을 떠날 때는 돈 아깝다고 생각하지 말고 다 주고 와야 한다는 식으로 말했던 기형이었다. 허락 없이 손금고에 손을 댄 것만 용서받을 수 있다면 그깟 돈이 뭔 대수냐고 말했던 기형이가 너무나 잠잠한 미용실을 보는 순간 거짓말처럼 그 생각이 가신 모양이었다.

"빌려간 돈만 주고 남은 돈으로 오늘은 꼼장어인지 뭔지 그거 사 먹고 가자."

이러는 거다.

내 의견은 반대였다. 오늘 잠잠하다고 어제도 잠잠했을 거라고 착각해선 안 된다. 마음 놓고 갔다가 경찰서에 신고된 상태라는 걸 나중에 알게 되면 그때 가서 '더 받으시고 다 용서해주세요' 이럴 거냐. 그리고 더 중요한 것은 내가 오늘 부산에 온 것은 돈을 갚기 위한 것도 있지만 뭔가를 알아낼 수 있을지도 모른다는 기대가 있어서였다. 그러기 위해서는 미용실 주인 남자를 만나야 하고 그러자면 돈 때문에 서로 얼굴을 붉히는 일이 있어서는 안 된다.

"우리가 언제 다시 부산에 오겠냐? 꼼장어 먹고 가자니까."

"아이 씨. 아무것도 모르면 가만히 좀 있어봐라."

"새끼야 내가 모르기는 뭘 몰라? 먹자니까. 너는 꼼장어 맛이 어떤지 궁금하지도 않냐? 효미한테 뱀을 먹었다고 자랑질했으니 진짜 뱀은 못 먹을망정 꼼장어는 먹어봐야 할 거 아니냐?"

미치겠다. 내가 이놈을 공연히 데리고 왔지, 후회에 후회를 거듭하는 바로 그때 미용실 문이 벌컥 열렸다.

"오메야."

나도 모르게 비명이 튀어나왔다.

"아부지 하느님."

기형이는 소파에 털썩 주저앉으며 하느님을 찾았다.

"이게 누고? 지난번에 시다 한다고 찾아왔던 애 아이가?"

낯익은 목소리가 들리며 미용실 불이 훤히 켜졌다. 그 할머니였다. 냄비 하나를 들고 땀을 뻘뻘 흘리고 있었다.

"소리 소문도 없이 도망가드만 와 또 왔노? 주인 미용사가 당분간 일 못하게 되었는데 뭐 하러 왔노?"

할머니는 나무문을 열었다. 그러자 그쪽에서 퀴퀴한 쉰내가 풍겨 나왔다.

"아이고 마. 창문까지 처닫고 이리 누워 있으면 우짜노? 일어나 보그라."

안으로 들어간 할머니의 탄식 소리가 들렸다.

주인 있나 보네? 기형이가 눈빛을 보냈다.

"그럼 우리가 하는 말 다 들었겠네? 아휴, 참."

기형이가 손가락을 갈고리처럼 세워 머리를 마구 긁었다.

"만나야겠지?"

기형이가 물었다.

나는 대답 대신 고개를 끄덕였다.

"이리 굶어가 어찌 살라 하노? 당장 일어나서 죽 좀 떠먹어 보그라."

잠시 후 할머니가 호통치는 소리가 들렸다. 그러고 난 후에는 애걸복걸하는 목소리도 들렸다. 도대체 미용실 주인 남자에게 무슨 일이 벌어지고 있는지 모를 일이었다. 한참 후 할머니는 한숨을 내쉬며 나왔다.

"니들 잠시 들어와 보그라. 억지로라도 일으켜서 죽을 먹게 해야지 그냥 두면 곧 죽게 생겼다."

할머니는 벌겋게 충혈된 눈을 연신 껌뻑거리며 내 손을 잡아끌었다. 엉겁결에 들어간 곳에는 작은 방이 있었고 그 옆으로 싱크

대 하나가 놓인 주방이 있었다. 낮인지 밤인지만 구별할 정도의 작은 창문 두 개가 있을 뿐 사방이 꽉꽉 막혀 보기에도 답답했다. 주인 남자는 숨이 막히는 작은 방에서 삼복더위에 이불을 머리끝까지 뒤집어쓰고 죽은 듯 누워 있었다.

"일어나그라. 그놈의 추모제인지 뭔지 거기만 다녀오믄 와 몇 날 며칠을 이러노?"

할머니가 이불을 끌어내렸다. 그러자 얼마나 야위었는지 기형이 주먹 정도의 크기밖에 되지 않는 주인 남자 얼굴이 눈에 들어왔다. 핏기라고는 약으로 쓰려고 해도 찾을 수 없었다.

할머니가 억지로 일으키라는 눈짓을 했다. 내가 남자의 오른쪽 겨드랑이에 손을 넣고 기형이가 왼쪽 겨드랑이를 부축했다. 몸을 한 번 비틀며 얼굴을 찡그리던 남자는 곧 나와 기형이에게 몸을 맡기고 더는 반항하지 않았다. 그리고 의외로 할머니가 떠주는 죽을 잘 받아먹었다.

주인 남자가 죽을 먹는 동안 나는 방 안을 찬찬히 둘러봤다. 장롱 하나와 얼핏 봐도 오래되어 보이는 탁자, 컴퓨터 한 대, 그리고 책 몇 권. 눈에 들어오는 물건은 그게 다였다. 살림살이가 심하게 간단하다는 생각이 드는 찰나 나는 심장이 멈추는 줄 알았다. 탁자 위에 얌전히 놓인 쪽지는 우리가 거울에 붙여놓고 갔던 바로 그 쪽지였다.

읽었네, 읽었어!

나는 기형이 무릎을 슬슬 밀며 탁자를 향해 턱짓을 했다.

"아, 진짜. 좁아 죽겠는데 왜 자꾸 밀고 난리야."

기형이는 있는 대로 얼굴을 찡그리며 신경질을 부렸다. 하여간 눈치라고는 눈곱만큼도 없는 놈. 나는 기형이를 향해 눈을 하얗게 흘겼다.

"뭐, 뭐?"

기형이는 그제야 내 눈빛이 심상치 않음을 알아챘는지 턱이 가리키는 쪽으로 눈을 돌렸다. 바로 그때 죽을 다 먹은 남자가 고개를 들었다. 나는 주인 남자와 눈이 마주치고 말았다. 등줄기를 타고 식은땀이 주르르 흘렀다.

"그, 그러니까 절대 훔쳐간 게 아니고요, 차비가 좀 모자라서요……. 훔쳐간 거라면 이렇게 제 발로 돈을 갚겠다고 찾아왔겠어요? 야, 너도 말 좀 해."

기형이가 주인 남자 앞에 다짜고짜 무릎을 꿇었다. 나도 덩달아 무릎을 꿇긴 꿇었는데 어떤 말부터 해야 할지 머릿속이 새카맸다.

"니그들 뭐 훔쳐갔나? 그렇지, 그렇지. 어쩐지 온다 간다 말도 없이 사라졌드라. 에구 이놈들아. 여기에서 훔쳐갈 기 뭐 있다고 도둑질을 하노?"

할머니가 냄비뚜껑을 내 눈앞에 대고 흔들며 겁을 주었다.

“도둑질이 아니라니까요.”

기형이가 성질을 버럭 냈다.

“뭐시 잘했다고 성질이고, 성질이.”

기어이 냄비뚜껑이 기형이 등짝을 내리쳤다. 주인 남자가 두 손을 휘휘 저으며 할머니를 말렸다.

“그래. 뭐 훔쳐갔노?”

할머니가 매의 눈처럼 날카로운 눈초리로 물었다. 눈가로 흐르는 매서움이 장난이 아니었다.

“아. 니. 에. 요.”

주인 남자가 힘겹게 말했다.

“제. 가. 빌. 려. 줬. 어. 요.”

두 주먹 불끈 쥐고 할머니에게 대들려고 폼 잡던 기형이가 주먹을 사르르 풀었다.

“거짓말하지 말그라. 내는 뭐 눈치도 없는 줄 아나? 아마 돈 갖고 그러는 모양인데 언제 봤다고 빌려줬겠노? 저놈들이 훔쳐간 기뻔하지. 경찰서에 신고해야 하는 거 아이가?”

신고라는 말에 정신이 번쩍 들었다. 나는 주머니에서 주섬주섬 돈을 꺼냈다. 대충 손으로 만져지는 느낌으로 가져온 돈이었다. 세어보니 팔만 원이었다.

“빌린 돈은 삼만 원이지만 혹시 몰라 팔만 원 가지고 왔어요.”

주인 남자에게 돈을 내밀자 주인 남자는 손사래를 쳤다. 나는 돈을 두 손으로 공손히 받쳐 들고 탁자로 엉금엉금 기어갔다. 할머니가 눈도 깜빡이지 않고 지켜봤다. 보라고요, 할머니. 저는 삼만 원을 가져갔는데 단 며칠 만에 오만 원의 이자를 붙여 왔다고요. 이래도 경찰에 신고하고 싶으세요? 나는 할머니 눈치를 보며 돈을 탁자 위에 올려놓았다.

'어?'

탁자 위에 돈을 놓는 순간 탁자 유리 밑에 깔린 여러 장의 사진이 보였다. 그중에 학사모를 쓰고 활짝 웃고 있는 여자 사진에 내 눈이 꽂혔다. 가지런하게 드러나는 고른 이. 약간 봉긋하니 솟은 콧날, 그리고 감길 듯 말 듯한 눈웃음. 낯설지가 않았다.

'어디서 봤더라?'

분명 어디서 보긴 본 얼굴인데 생각나지 않았다. 기억해내려고 애쓰면 애쓸수록 머릿속은 점점 더 하얘졌다.

여자 사진 옆에는 비행기 사진이 있었다. 나는 사진을 자세히 보기 위해 탁자 앞으로 바짝 다가앉았다. 비행기 꼬리 부분에 새겨진 마크가 놀랍게도 원 안에 갈매기 모양이었다. 우리 집에 걸려 있는 십자수와 같았다. 원 안에 갈매기. 이 모양이 비행기 마크였구나. 생전 비행기라고는 타본 적이 없으니 비행기 마크인지 뭔지 알 턱이 있나.

아빠는 비행기를 징그럽게도 싫어했다. 6학년 때 제주도에서 기막히게 멋진 캠프가 있었는데 거기에 무료로 참가할 수 있는 이벤트에 당첨되었었다. 그런데 아빠는 목숨 걸고 참가를 반대했다. 처음에는 알레르기가 있어서 비린내 나는 갯음식을 자주 먹으면 안 된다는 말도 안 되는 핑계를 댔다. 물론 생선 알레르기가 있기는 하지만 그것은 단지 고등어에만 한해서다. 그러다 다른 이유도 이것저것 댔지만 결론은 비행기 타고 가는 게 마음에 들지 않는다고 했다. 배를 타고 간다면 보내주겠다고 했지만 청승도 유분수지. 남들은 단체로 비행기 타고 가는데 혼자 배 타고 가라니 그게 말이 되나? 그래서 포기했었다. 그때 제주도에 보내달라고 떼를 쓰며 쏟아낸 눈물이 거의 한강물 수준이었다. 내가 하고 싶어 하는 일이라면 단 한 번도 반대하거나 막지 않았던 아빠가 단 한 번 나를 울렸던 사건이었다.

"야, 강태산!"

쇠방망이 같은 기형이의 주먹이 내 머리통을 내리쳤다.

"가자니까 왜 그러고 있어? 대체 뭔 생각 하는 거야?"

머릿속이 얼얼했다.

"우리 가도 된다고 하잖아. 빨리 빨리."

기형이는 내 팔을 잡아끌었다. 주인 남자가 나를 보고 고개를 끄덕였다.

"그냥 보내줘도 되나? 혼꾸명을 내줘야지 봐주면 버릇 된다 아이가? 옛말에 바늘 도둑이 소 도둑 된다는 말이 있다."

할머니가 속담까지 꺼내며 구시렁거렸다.

"할머니, 삼만 원이 새끼쳐 왔잖아요. 오만 원이나."

기형이가 말대꾸를 했다.

"썩을 놈. 도둑질한 주제에 뭔 대꾸고?"

할머니가 종주먹질을 해댔다. 또 대들려고 폼 잡는 기형이 입을 주먹으로 틀어막고 밖으로 끌어냈다.

"주인은 가만 있는데 왜 저 할머니가 난리냐? 나 참 기가 막혀서."

기형이는 해리 미용실을 향해 소리를 바락바락 질렀다.

"에이, 팔만 원이나 다 주고 왔으니 꼼장어 사 먹기는 다 틀렸네."

기형이는 아쉬운 듯 입맛을 쩝쩝 다셨다.

"기형아. 너 먼저 가라."

횡단보도 앞에 서서 신호가 바뀌기를 기다리다 말했다.

"뭐?"

"서울 먼저 가라고."

나는 주머니에서 차비를 꺼내 기형이 손에 쥐어주었다.

"너는?"

"나는 내일 갈게. 볼일이 있어서."

"뭔 볼일? 그럼 나도 내일 간다."

"너 오늘 외박하면 니네 아빠한테 거의 끝장 나는 거 아니냐?"

기형이가 머리를 박박 긁으며 씨발, 씨발 해댔다. 마침 신호가 바뀌었다. 나는 기형이 등을 밀었다.

"무슨 일인데?"

"내일 서울 가서 말해줄게. 떡집 아저씨 아줌마한테는 아무 말도 하지 마라. 담임 집에서 하루 자고 간다고 말할 테니까."

나는 기형이에게 손을 흔들고 돌아서서 담임에게 전화를 했다.

"무슨 일인지 모르지만 나쁜 일은 아니지? 알았다. 전화 오면 그렇게 말해주마. 대신 나중에 무슨 일이었는지 선생님한테 말해주기다, 알았지?"

담임은 망설이다 내 부탁을 들어주기로 했다.

세상에 딱 하나뿐인, 그러나 둘인

　할머니 눈빛에 이상한 기류가 흘렀다. 의심과 의아함 그 두 개를 섞어서 버무려놓은 것 같은 기류.

　"이상하게 생각하지 마세요. 제가 서울에서 왔는데 내일 볼일이 있어서 남아 있어야 하는데요. 오늘 잘 곳이 없어서요. 하루 여기서 자고 싶은 거뿐이니까요."

　"설마 또 뭐를 슬쩍 하려는 거는 아니제?"

　입을 뾰족하니 내밀고 고개를 갸웃거리는 할머니 모습을 보자니 사람을 뭐로 보느냐고 당장 대들고 싶은 마음이 굴뚝같았다. 완전히 도둑 취급이다. 그렇게 말했는데도 말이다. 사람이 말을 하면 귀를 여는 시늉이라도 해야 하는 거 아닌가.

"그럼 말이제."

목구멍까지 부아가 치밀어 오르는데 할머니가 슬쩍 꼬리를 내렸다. 목소리가 한없이 부드러워지더니 바짝 다가섰다.

"주인 미용사 목욕 좀 시켜주믄 안 되겠나?"

"예에?"

"삼복더위에 저러고 있으니 온몸이 땀범벅이다 아이가. 쉰내가 하도 나서 씻기고 싶은데 어디 그게 그렇나? 내가 아무리 칠십이 넘었다고는 하지만 그래도 남녀칠세부동석인데 우찌 자식도 아닌 남자 몸을 씻기겠노……. 와? 니도 아무래도 어렵겠나?"

그럼요, 아무래도 어렵지요. 같은 남자이기는 하나 언제 봤다고 남의 알몸에 손을 대겠어요. 용식이 형이라면 가능하겠지만 말이에요. 용식이 형은 아주 오랫동안 남의 몸에 때를 밀었거든요. 국보급 도자기를 다루듯 아주 조심스럽게 말이지요. 그래서 단골도 꽤 많았어요. 오죽하면 장인의 손이라고 했겠어요. 하지만 나는 아니에요. 내 몸의 때도 제대로 못 민다고요. 왜냐면 귀찮고 더럽잖아요. 그래요. 나는 내 몸의 때도 더러워요. 그런데 어떻게 남의 몸의 때를 밀겠어요.

하지만 싫다는 말이 얼른 나오지 않았다. 내가 만약 싫다고 하면 저 할머니 성질에 잠은 다른 데 가서 자라고 할 거다.

"그래, 어렵겠제."

웬일로 순순히 물러섰다.

"그럼 머리라도 감겨주그라. 그것도 못 하겠나? 남의 집에서 하루 자는 데 공짜가 우데 있노?"

아니, 내가 언제 못 하겠다고 했나. 머리 감기는 거 정도야 하자면 할 수 있다.

"아, 아니에요. 해요, 해."

그제야 쪼글쪼글한 할머니 입가에 미소가 돌았다.

"절대 남의 물건에 손을 대고 그라면 못쓰는 기다. 허튼 생각 절대 하지 말그라. 알았나?"

빈 냄비를 품에 안고 출입문으로 향하던 할머니가 눈을 갸름하니 뜨고 돌아봤다.

"저 도둑 아니라니까요. 왜 자꾸 그러세요? 아, 진짜, 성질나네."

사람이 넙죽넙죽 들어주는 것도 한도가 있다.

"이놈이 어디서 반말을 지껄이노? 알았다. 그럼 내는 간다. 이따 저녁나절에 밥 갖고 오마. 문둥이 같은 놈, 어디 어른한테 눈을 부릅뜨고 반말이고."

할머니는 미닫이문이 부서져라 닫고 나갔다. 문둥이는 또 뭐야. 욕을 하려면 알아들을 수 있는 욕을 하면 좀 좋아.

주인 남자는 똑바로 누워 천장을 바라보고 있었다. 천장에 뭐라도 있는지 간절하고 애절한 눈빛으로 말이다. 그 흔한 무늬도 없이 허연 도배지가 발린 천장에는 날파리인지 모기인지 시체가 즐비하게 붙어 있었다. 저걸 보는 것은 아닐 테고.

"저, 오늘 여기서 하루 자고 싶은데 괜찮나요?"

주인 남자가 나를 물끄러미 바라봤다. 그러더니 이내 고개를 끄덕였다. 다행이다. 안 된다고 할까봐 은근히 걱정했는데.

"머리 감으실래요? 제가 감겨드릴게요."

이유를 묻지 않고 단박에 허락한 것이 고마워 기분이 한껏 좋아졌다. 이 기분이라면 머리 감기는 것뿐 아니라 목욕까지도 시킬 수 있다. 주인 남자가 나에게 기꺼이 몸을 맡겨준다면 말이다. 주인 남자는 고개를 저으며 옆으로 돌아누웠다. 더는 말 시키지 말라는 듯 귀찮은 표정이었다.

싫다는데 억지로 감길 수도 없고. 멍청하게 앉아 눈만 끔벅거리고 있었다. 지금 다시 물어볼까? 강도식 씨를 혹시 아느냐고, 잘 생각해보라고. 아니지, 아니지. 오늘은 비행기 마크에 대해 물어봐야겠다. 십자수로 수놓은 비행기 마크 말이다. 똑같은 십자수가 우리 집에도 있고 이 미용실에도 있는 것이 과연 우연인가. 지난번 봤을 때는 못난이 삼형제 인형처럼 한순간 밀물처럼 밀려왔다 썰물처럼 밀려간 유행이려니 생각했었다. 하지만 비행기 마크라는 것을 안 순간 그것과 인형과는 분명 다를 거라는 생각이 들었다. 아빠가 해리 미용실 사진을 보관하고 있었던 것과 꼭 찾아가 보라는 말과 분명 관련이 있을 거라는 강한 추측도 하게 되었다.

그런데 저렇게 틈을 주지 않으니 물어볼 수가 없다. 자신의 생각에 깊이 빠져 도저히 내가 발을 디디고 들어갈 틈을 보이지 않으니. 그래도 무작정 입 닫고 이대로 있을 수만은 없었다. 나는 용기를 냈다.

"뭐 좀 물어봐도 되나요?"

못 들었는지 아니면 듣고도 못 들은 체하는 건지 주인 남자는 꼼짝도 하지 않았다. 다시 물어도 마찬가지였다. 몇 번을 그러고 나자 무시당하는 것 같아 기분이 엄청 나빠졌다.

"사람이 말을 하면 대답을 해야 하는 거 아니에요? 물어봐라 아니면 물어보지 마라. 왜 사람 말을 씹어요?"

속이 부글부글 끓었다. 입모양으로 온갖 욕을 해대고 있는데 주인 남자가 고개를 돌렸다. 마침 콧잔등까지 찡그리며 '조또'를 말하는 중이었다. 입모양이 확실히 동그란 모양인 '조또'. 주인 남자와 눈이 마주치는 순간 귀밑이 서서히 뜨뜻해졌다. 나는 손바닥으로 얼굴을 박박 문질렀다.

"물. 어. 봐."

"……."

"물. 어. 봐."

주인 남자가 다시 말했다.

"뭐 그다지 중요한 거는 아니고요."

나는 애써 대수롭지 않다는 표정을 지어 보였다. 욕하다 딱 걸린 게 진짜 쪽팔렸다.

"미용실 벽에 걸려 있는 십자수 말이에요. 그거 우리 집에도 있거든요."

"뭐?"

"십자수요. 원 안에 갈매기가 있는 십자수요. 우리 집에 똑같은 거 있다고요."

주인 남자는 나를 뚫어지게 바라봤다. 그것도 한참 동안이나 말이다. 왜 이러지? 내 얼굴에 뭐가 묻었나? 내가 뭐 잘못했나? 나는 내가 했던 말을 되짚어봤다. 있는 걸 있다고 한 건데 잘못은 아니고. 왜 저렇게 뚫어져라 바라본담.

얼마 후 주인 남자가 손을 휘휘 저었다.

"아. 니. 야."

주인 남자는 이렇게 말하고 옆으로 돌아누웠다. 아니긴 뭐가 아니야. 분명 우리 집 안방에도 똑같이 생긴 십자수 액자가 떡하니 걸려 있고만.

"혹시 옛날에 비행기 조종사였어요?"

말이 채 끝나기도 전에 주인 남자가 돌아봤다. 주인 남자 눈이 번득였다. 눈빛이 얼마나 강렬한지 나도 모르게 소름이 돋았다.

"저기 비행기 사진이 있어서요."

나는 탁자를 가리켰다. 주인 남자는 대꾸하지 않았다. 여전히 그 눈빛으로 가만히 쏘아볼 뿐이었다.

"그렇지요? 비행기 조종사일 리 없지요. 농담이에요, 농담."

나는 그 눈빛에서 벗어나려고 비죽 웃어 보였다. 그제야 주인 남자가 눈을 내리깔았다.

"머리 감으시지요. 안 그러면 아까 그 할머니가 저를 가만두지 않겠다고 했거든요."

나는 싫다는 주인 남자를 억지로 일으켜 세워 샴푸실로 데리고 나왔다. 나는 언제나 머리 깎을 때 미용실을 이용하고 초등학교 때는 파마도 많이 해봤다. 그래서 미용실에서 머리 감기는 방법을 잘 알고 있었다.

주인 남자는 눈을 꼭 감고 나에게 머리를 맡겼다. 나는 정성을 다해 머리를 감겼다. 손가락을 세워 정수리를 꼭꼭 누르며 지압도 했다. 잔뜩 찡그리고 있던 주인 남자의 얼굴이 서서히 펴졌다. 그러더니 입가에 미소가 번졌다.

머리를 감고 난 주인 남자는 비틀거리며 거울 앞에 앉았다. 나는 얼른 드라이기를 켜 머리를 말리기 시작했다.

"파마 하신 거예요?"

머리를 감겨놓고 보니 주인 남자의 머리카락은 심하다 싶을 정도로 곱슬곱슬했다. 남자가 고개를 저었다. 선천적 곱슬머리군. 나도 지금은 머리를 짧게 자르고 다니니까 잘 표가 나지 않아서 그렇지 곱슬머리다. 마치 수백 개의 용수철을 모아놓은 것처럼 심하다. 그게 싫어서 초등학교 다닐 때는 구불구불한 파마를 했었다.

"우리 집에 진짜로 저거랑 똑같은 십자수 있다니까요."

나는 거울 위에 걸린 십자수 액자를 가리키며 주인 남자 눈치를 봤다.

"아. 니. 야. 딱. 하. 나. 해. 리. 가. 만. 든. 거."

"예?"

나는 드라이기를 껐다.

"해. 리. 가. 만. 든. 거. 딱. 하. 나."

"해리가 사람 이름이었어요?"

주인 남자가 고개를 끄덕였다.

"그러니까 해리라는 사람이 저 십자수를 놓은 거라고요? 그래서 세상에 딱 하나밖에 없는 거라고요?"

주인 남자가 또 고개를 끄덕였다.

머리를 말리고 난 주인 남자는 자겠다고 했다. 방으로 들어간 주인 남자는 탁자 유리 밑에 있는 학사모 쓴 여자의 사진을 쓰다듬었다. 사진 속의 여자가 해리인가 보구나. 주인 남자는 벽을 보고 누워 새우처럼 구부리더니 곧 잠이 들었다.

벽에 걸린 십자수 액자를 내려 꼼꼼히 살폈다. 우리 집 안방에 걸린 십자수와 뭐가 다른지 잘 모르겠다. 내 눈에는 암만 봐도 똑같다.

주인 남자의 낮잠은 길었다. 좀처럼 일어날 생각을 하지 않았다. 나도 소파에 엎어져 잠깐 선잠이 들었다가 문소리에 일어났다. 할머니가 신문지로 덮은 쟁반을 들고 들어왔다.

"주인 미용사 자나?"

"예."

"그럼 깨우지 말고 실컷 자게 두그라. 추모제 하고 와서 며칠을 한숨도 못 잤을 기다. 이따 일어나믄 이거 먹게 하고 잊지 말고 약도 챙겨 먹으라고 해라, 알았제?"

할머니는 쟁반을 소파 탁자에 올려놓았다.

"뭣 좀 물어봐도 돼요?"

나는 돌아가려는 할머니를 잡았다.

"해리라는 사람이 누구예요?"

"해리? 아하, 해리. 해리는 주인 미용사와 결혼할 뻔했던 아가씨 아이가. 아니다, 결혼을 했었다고 했던가? 아이고, 내가 이제 나이가 많아지니 어제 들은 말도 가물가물하니 왔다 갔다 한다 아이가. 주인 미용사 어무니가 해줬던 말이 이제는 먼 옛날에 꾼 꿈처럼 아득하다."

할머니가 한숨을 푹푹 내쉬며 이래서 늙으면 죽어야 한다느니, 요즘은 한밤중이면 저승사자가 문 앞에서 지키고 서 있다느니 한참 넋두리를 늘어놨다.

"저 아저씨의 엄마를 아세요?"

"알지. 십오 년 전에 이 동네에 처음 와서 이 해리 미용실을 열었다 아이가?"

"예? 지난번에는 해리 미용실은 저 아저씨가 처음부터 쭉 했다고 하셨잖아요?"

"아이고, 깜짝이야. 와 어린 것이 걸핏 하면 소리를 지르고 난리고?"

할머니는 정말 놀랐는지 가슴을 누르며 화를 냈다.

할머니의 말은 이랬다. 십오 년 전 주인 남자의 어머니가 주인 남자를 데리고 이 동네로 이사 와서 미용실을 열었다. 그때 미용실 이름은 '강진 미용실'이었는데 미용사는 주인 남자의 어머니였고 당시 주인 남자는 미용 기술을 익히지 않았었다. 딱히 다른 일을 하지 않던 남자는 서서히 어머니 옆에서 기술을 익혔는데 미용에 천부적인 소질이 있었는지 그 솜씨가 일류였다. 그 뒤 주인 남자의 어머니가 세상을 떠났고 미용실은 주인 남자가 이어서 하게 되었는데 그러면서 미용실 이름도 '해리 미용실'로 바꾼 것이다.

"그러니까 해리 미용실은 처음부터 지금 주인 미용사가 했다 아이가?"

할머니는 눈을 하얗게 흘겼다.

할머니 말을 들으며 내 머릿속에는 해괴하고 망측한 생각 하나가 떡하니 자리를 잡으려고 했다. 혹시 아빠와 주인 남자의 어머니가 어떤 사이였던 거는 아닌가? 예전에 좋아하는 사이, 뭐 그런거 말이다. 그러면 사진을 갖고 있을 수도 있는데. 주인 남자 어머니가 세상을 떠나고 난 후 미용실을 찾아왔던 아빠가 그리움을 어쩌지 못해 해리 미용실 사진이라도 찍어가자 이렇게 했을 수도 있다는 말이다. 그럼 나에게 꼭 찾아가라고 했던 이유는? 아이고, 내가 무슨 말도 안 되는 상상이람. 나는 서둘러 머리를 흔들어 생각을 털어냈다.

할머니는 주인 남자의 어머니와 친하게 지내서 들은 말이 꽤 있었는데 지금은 기억을 잘라 먹는 벌레가 몸에 살고 있는지 모든것이 다 가물가물하다고 했다. 그러나 한 가지 확실한 것은 주인 남자가 비행기 사고로 죽은 해리라는 여자를 오랫동안 못 잊어 하고 있다는 거다. 그래서 추모제에 가기 전날은 꼭 살아 있는 해리를 만나러 가는 것처럼 들떠하다가 추모제에 다녀오면 몇 날 며칠을 앓는다고 했다.

"혹시 할머니 집에도 저런 십자수 있어요?"

나는 십자수 액자를 가리키며 물었다.

"몇 걸음 나가면 바다고 바다에는 갈매기가 천지인데 뭐한다고
저런 걸 집에 걸어놓노?"

할머니는 퉁명스럽게 말했다.

잘라버리면 찾아오리라

할머니가 해다 준 저녁밥을 반은 먹고 반은 주인 남자 몫으로 남겨두었다. 하지만 주인 남자는 밤이 깊어도 일어나지 않았다. 마치 죽은 것처럼 꼼짝하지 않았다. 가끔 다가가 숨을 쉬고 있는지 확인할 정도였다.

기형이에게 쉬지 않고 문자가 왔다. 문자를 확인하고 답을 보내다 보면 기형이가 만든 올가미에 갇힌 것 같았다.

내일 가서 보자.

나는 이렇게 문자를 보내고 휴대전화를 꺼버렸다. 그러자 답답했던 목이 시원해졌다. 올가미에 걸려 발버둥 치다 겨우 빠져나온 것처럼 말이다.

방 안 탁자 위에서 약봉지가 보였다. 밥을 먹고 난 후에 잊지 말고 약을 먹게 하라고 했는데 빈 봉지였다.

가람 신경정신과.

약봉지에 병원 이름이 쓰여 있었다. 보통은 병원에서 처방 받고 약국에서 약을 짓는데 이 병원은 직접 약까지 지어주는 모양이었다.

'해리. 해리.'

낯설지 않은 얼굴. 그렇다고 아는 사람이냐고 물으면 그렇다고 자신 있게 대답할 수는 없는 얼굴이었다. '해리'라는 이름도 그렇다. 어디서 들은 듯하지만 어디서 들었냐고 물어보면 또 대답할 수 없었다.

내 머릿속에는 해리라는 이름으로 가득 찼다. 그리고 그만큼 답답함도 가득 찼다. 누구더라?

"아주 업어 가도 모르겠구만."

누군가 내 엉덩이를 쳤다. 아니, 잠결에 누군가의 손이 내 엉덩이를 더듬더니 이윽고 대놓고 만지는 것 같았다. 나는 눈을 번쩍 떴다. 바로 앞에 할머니가 서 있었다.

"아이 씨, 진짜."

나는 엉덩이를 감싸 안고 인상을 썼다.

"하이구야. 누가 니 궁둥이 훔쳐간다 하나? 와 눈 뜨자마자 궁둥이는 감싸 안고 성질이고? 버뜩 일어나 봐라."

엉덩이는 엉덩이로 불려야 한다. 엉덩이가 궁둥이로 불리자 말도 못하게 낯설고 얼굴이 화끈거렸다. 바지 내리고 진짜 맨 엉덩이를 보여준 것처럼 말이다.

"아침 해왔으니까 어서 먹그라."

할머니가 냄비뚜껑을 열었다. 냄비 안에는 하얗고 통통한 닭 한 마리가 인삼인지 도라지인지를 끌어안고 들어앉아 있었다. 설마 나 먹으라고 이걸 해온 거는 아니겠지. 나는 감히 닭백숙에는 손댈 엄두도 못 내고 할머니를 빤히 쳐다봤다.

"어서 먹어라."

할머니가 젓가락을 집어 내 손에 들려주었다.

"왜요?"

"왜라니?"

"이걸 왜 제게 먹이려고 하는데요?"

"그놈 생긴 거랑 똑같이 의심도 많은가 부다. 내가 못 먹을 걸 줬을까봐 그러나? 와, 약이라도 탔을까봐서?"

할머니는 닭다리 한 짝을 쭉 찢어 입에 넣었다.

"그게 아니고요. 왜 저한테 이렇게 비싼 음식을 주시느냐고요?

할머니랑 저랑 무슨 상관이라고요."

"일단 먹고 얘기해라."

할머니는 나머지 다리 한 짝을 찢어 내밀었다.

"니 오늘 바쁘나?"

내가 닭고기를 먹기 시작하자 할머니가 기다렸다는 듯 물었다.

"예, 뭐…… 이따……."

"그럼 볼일 보러 가기 전에 말이다."

할머니가 내 말을 끊었다.

"내랑 여기 청소 좀 하자. 쉰내에다가 퀴퀴한 냄새가 장난이 아니다 아이가. 내일 모레쯤 되면 주인 미용사가 다시 일을 시작할 긴데 그 전에 청소를 해야지 원. 내가 무릎 관절이 심해가 암만해도 혼자서는 못할 거 같다. 그리고 청소 끝내고 주인 미용사 데리고 병원 좀 다녀온나. 약이 하나도 없드라."

넘어가던 고기가 목에 걸렸다.

청소하자는 말에 입맛이 뚝 떨어져 닭고기를 반도 먹지 못했다.

청소도 그냥 청소가 아니라 대청소였다. 세제를 풀어 거울을 닦고 쪼그리고 앉아 바닥도 수세미로 박박 문지르고 다녔다. 구석구석 보이지 않는 먼지도 일일이 찾아내어 털어내고 닦아냈다. 완전히 날 잡았다. 어디서 떨떨한 놈 하나 온 거 같으니 이참에 십 년 묵은 때 빼고 광내 보자는 심보인 것 같았다. 바닥을 문지르고 다니다 보니 울화가 치밀었다.

내가 싫은 표정을 내비칠 때마다 할머니는 기운이 펄펄 넘쳐 쓸데 못 찾을 나이에 그깟 청소 좀 한다고 엄살이냐며 눈을 샐쭉하니 뜨고 야단쳤다.

청소를 하고 나자 온몸이 쑤시고 아팠다. 내 머리에 털 나고 처음으로 이런 청소를 해봤다. 아빠는 나에게 절대 이렇게 무식하고 험한 일은 시키지 않았다.

"다 좋은 일이다. 이러면 나중에 복 받을 기라."

병 주고 약 준다고 야단치다 한 번씩 할머니는 내 등을 두드려주었다.

"고생 많은데 내가 점심에는 아주 맛난 거 해주마."

열두 시가 다 되어가자 할머니는 걸레를 내던지고 가버렸다. 아침도 먹다 말았고 뼈 빠지게 일했더니 배에서 밥 달라고 난리였다. 맛있는 거 해준다는 말에 은근히 기대가 되었다.

방은 조용했다. 주인 남자는 이 북새통 속에서도 자는 모양이었다.

청소가 거의 마무리가 다 되어갔다. 미용실은 광이 번쩍번쩍 났다.

"고생 많았다."

얼마 뒤 할머니가 쟁반을 이고 함박웃음을 웃으며 나타났다. 할머니는 쟁반을 덮은 신문지를 걷어냈다. 커다란 뚝배기에 아직도 김이 모락모락 나고 있는 저것은? 무를 큼직큼직하게 썰어놓고 고추장을 풀어 보글보글 지진 저것의 정체는? 청양고추를 넣었는지 매운 내가 물씬 풍기는 것의 정체는 바로 고등어조림이었다. 하여간 미운 사람은 미운 짓만 골라 한다더니 실컷 부려먹고 해다 주는 음식이 고등어조림이라니. 많고 많은 음식 중에 왜 하필 고등어냐고.

"어서 먹자."

할머니는 친절하게 숟가락을 들어 내 손에 쥐어주었다. 나는 할머니 손을 뿌리쳤다.

"와?"

할머니 눈이 휘둥그레졌다. 왜긴, 나는 고등어 요리는커녕 고등어 냄새만 맡아도 온몸이 가렵고 두드러기가 난다고.

"저는 고등어 먹으면 안 된다고요."

"세상에 고등어 먹으면 안 되는 사람이 우데 있노? 공연히 성깔 부리지 말고 먹그라."

할머니는 싫다는데도 억지로 고등어 살을 발라 내 입에 넣어주려고 했다. 청소할 때는 아이고 다리야, 하면서 멀찌감치 서서 바라보고 있더니 이럴 때는 기운이 넘쳐 내 입을 억지로 벌렸다. 입을 다물고 버티다가 두 점 정도 입에 들어가고 말았다. 나는 할머니를 밀쳐내고 보란 듯 김치를 입에 마구 집어넣었다. 김치하고 밥 먹겠다는 뜻이다. 그러니 제발 고등어는 먹이지 말라는 뜻이다.

그제야 할머니가 뒤로 물러났다. 그러더니 이러는 거다.

"그럼 진작에 김치를 좋아한다고 말하지 그랬노?"

평소에 좋아하지도 않은 김치를 밥 위에 척척 걸쳐 엄청 맛있어요, 이런 김치 처음이에요, 라는 표정으로 먹는데 처음에 들어간 고등어 두 점이 찜찜하고 마음에 걸렸다.

점심때가 훌쩍 지나서 주인 남자가 일어났다. 할머니는 그때를 놓치지 않고 어서 병원에 가라고 했다.

주인 남자 팔을 부축하며 횡단보도 앞에 서 있는데 쨍한 햇볕에 어지럼증이 몰려왔다. 이번엔 내 스스로 자처해서 부산에 찾아온 거나 다름없고 또 기형이 먼저 보내고 남은 것도 내 스스로 결정한 일인데 꼭 도깨비에게 홀린 기분이었다. 주인 남자를 데리고 병원까지 가는 거는 전혀 예상에 없던 일이다. 설마, 혹시, 그 할머니가 도깨비 아닐까. 이러다 뭘 알아내기는커녕 영영 여기서 이러고 사는 거는 아닐까. 할머니한테 잡혀서 말이다. 정말 그 할머니가 놔주지 않으면 어쩌지, 온갖 생각이 다 들었다.

나는 주인 남자의 보호자처럼 진료실 안에도 따라 들어갔다.

"통 잠을 못 주무셨나요?"

의사가 주인 남자의 몰골을 보고 안타까운 표정으로 물었다. 주인 남자가 고개를 끄덕였다. 거의 누워서 지냈는데 잠을 잔 것은 아닌 모양이었다.

"추모제에 다녀오셨나요?"

의사 말에 또 고개만 끄덕였다.

"잘라진 기억 중에 떠오른 거 없었지요?"

끄덕끄덕.

"너무 죄책감에 시달리지 마세요. 늘 말씀드리듯이 그날, 무슨 사정이 있어서 그런 전화를 했을 겁니다. 어쩔 수 없는 일로 말입니다. 어쨌든 많이 드시고 마음을 편하게 가지세요. 그리고 제가 미신을 믿는 거는 아니지만 사람에게는 그 사람이 가진 운명이라는 게 있다고 봐요. 안된 말이지만 그렇게 가는 것이 그분의 운명이었을 수도 있습니다. 시간이 많이 지났습니다. 잊을 건 잊고 털어내야 할 것은 털어내세요. 아마 그분도 그걸 원하고 있을 겁니다. 자, 한 달 치 약을 드릴게요. 다음에 뵐 때는 좀 더 밝은 모습을 보길 바랍니다."

주인 남자가 고개를 숙인 채 일어섰다.

"많이 주무시게 해라."

의사가 나에게 말했다. 긁적거리느라고 대답을 못했다. 팔뚝에 온통 벌겋게 두드러기가 솟았다. 등도 가렵고 머릿속도 서서히 가려워진다. 내가 이럴 줄 알았다.

"학생은 왜 그러나?"

의사가 내 팔을 만졌다.

"팔만 이런가?"

아니요, 온몸이 다 가려워요. 내 몸은 지금 온통 벌집처럼 변했을 거라고요. 아악! 거기도 참을 수 없이 가려웠다. 최악이다.

"약을 먹어야겠는걸? 내가 처방을 해줄 테니까 약국에 가서 약 지어 먹어. 그리고 여름이니까 먹는 거 조심하고."

나는 두 손으로 공손히 처방전을 받았다.

"제 생각에는 말이지요."

진료실 문을 열고 나오려는데 의사가 말했다.

"잘라나간 기억을 찾으려고 애쓰지 말고 차라리 반쪽짜리 기억을 과감히 잘라버리는 거는 어떨까요? 그러면 뜻하지 않게 모든 것이 떠오를 수 있으니까요. 이건 기적과도 같은 예인데요. 아주 오래전 교통사고를 당해 기억을 모두 잃은 사람이 있었습니다. 이름이 뭔지 나이가 뭔지 사는 곳이 어딘지 무엇을 하던 사람이었는지 아무것도 몰랐지요. 여러 가지 정보를 통해 가족은 찾았지만 기억은 좀처럼 돌아오지 않았답니다. 한동안 자신이 잃은 기억을 찾아내려 자신을 안다는 사람들을 찾아다니고 근무했던 직장 등을 샅샅이 뒤지고 다녔지요. 하지만 기억은 깊은 강에 가라앉는 어둠과도 같았어요. 그 사람은 생각을 달리했습니다. 자신이 가지고 있는 옛날 자기의 정보를 모두 버렸습니다. 더는 기억을 찾으려 애쓰지 않았어요. 잃어버린 지나간 날들은 묻어버리고 새로운

삶을 만들어가기로 결심했죠. 자신이 잘하는 일, 좋아하는 일을 찾아 하기 시작했습니다. 그러자 놀라운 일이 일어났습니다. 자신이 하는 일을 통해 옛날 기억이 하나하나 살아나기 시작한 겁니다. 한번 그래 보지 않으실래요? 벌써 이십 년이 다 되어갑니다. 더 매달리지 말고 차라리 남은 것도 잘라버려 보세요. 그러면 기적이 일어날 수도 있고 또 기적이 일어나지 않으면 어떻습니까? 새로운 기억을 만들어가는 것도 나름 의미 있는 일이지 않겠습니까? 이제 겨우 마흔이 조금 넘은 나이입니다. 옛것에만 매달려 있기에는 젊습니다."

의사의 말을 듣던 주인 남자가 휘청거렸다. 나는 주인 남자를 부축했다. 주인 남자는 의사를 향해 허리를 숙였다. 그러고는 천천히 몸을 일으켜 진료실 밖으로 나왔다.

대기실에 아줌마 한 명이 휴대전화를 들고 소리소리 지르며 통화하고 있었다. 아주 병원을 통째로 산 사람 같았다. 이 동네 사람들은 왜 하나같이 기차 화통을 삶아먹은 목소리인지 모르겠다.

'아, 전화.'

나는 휴대전화를 꺼놓은 것이 생각났다. 기형이 또 난리 났겠다. 전원을 켜자마자 우르르 쏟아지는 문자들.

너, 뭐 하냐? 죽었냐? 나 혼자 보내놓고 뭔 일이냐?

이렇게 얌전한 문자부터 시작해서 세상에 떠도는 욕이라는 욕
은 총집합한 문자까지 사십 통이 넘었다. 스토커 수준이었다.

유서만 있다면

기차가 부산을 출발하면서부터 비가 내리기 시작했다. 삽시간에 어두컴컴해지더니 굵은 빗방울이 차창을 때렸다. 기차가 속력을 내기 시작하자 차창에 부딪히는 빗방울은 바람에 날려 사라졌다.

말도 못하게 피곤했다. 의자에 몸을 기대자 온몸이 의자 밑으로 푹 꺼질 것 같았다. 나는 불룩한 주머니에 손을 넣었다. 돈이다. 미용실 출입문에서 약봉지를 건네받던 주인 남자가 잠깐 기다리라며 뛰어 들어가더니 돈을 갖고 나왔다. 탁자 위에 올려놓았던 돈 그대로였다. 아니라고, 괜찮다고, 이러면 안 된다고 사양해도 막무가내였다. 남자는 주머니에 돈을 쑤셔 넣어주고 돌아섰다.

졸리다. 나는 팔짱을 끼고 눈을 감았다. 블랙홀에 빠지듯 서서히 잠에 빨려들었다. 눈을 떴을 때 곧 서울역에 도착한다는 방송이 흘러나오고 있었다. 단 한 번도 깨지 않고 죽은 듯 잔 모양이다.

기형이의 문자질은 자는 동안에도 그치지 않았다.

서울역.

나는 답문자를 보냈다.

집에는 기형이가 먼저 와서 기다리고 있었다. 용식이 형이 쌀 포대를 나르는데 졸랑졸랑 따라다니며 무슨 얘기인지 심각하게 하고 있었다.

"태산아."

기형이는 나를 발견하자 한달음에 달려와 목을 우악스럽게 안았다.

"너도 알고 있었냐?"

몇 초 동안의 상봉이 끝나자 기형이가 물었다.

"뭘?"

"오촌 아저씨⋯⋯."

그때 안채와 연결된 문이 열리며 어디서 본 듯한 남자가 나왔다. 지난번에 왔었던 엄마의 사촌동생이라는 사람이었다.

"오, 태산이 왔구나?"

오촌 아저씨는 활짝 웃으며 다가와 나를 덥석 안았다. 친척이기는 하지만 단 한 번 얼굴 본 것이 다였다. 이런 스킨십이 왠지 황당하고 불편했다.

"어허. 쌀을 그렇게 다루다 포대가 터지기라도 하면 어쩌나?"

오촌 아저씨가 용식이 형을 향해 소리치며 달려갔다. 나는 앞자락을 툭툭 털어냈다.

"저 아저씨, 진짜 니네 친척 맞냐?"

기형이가 물었다. 친척이라고 하니까 그런 줄 알지 나도 잘 모르겠다. 확인된 바 없다.

떡집 아저씨한테 문자가 왔다. 지금 떡집으로 오라고 했다. 떡집 아저씨와 아줌마는 아예 일손을 놓고 마주 앉아 있었다.

"친척이라고 저러는데 막을 수도 없고. 참말로 난감하다. 그 사람이 여기서 쌀집을 봐주면서 너를 돌본다고 찾아왔다."

"돌보기는 무슨. 재산이 탐나니까 들러붙는 거지."

떡집 아저씨 말에 아줌마는 얼굴을 찌푸렸다.

"내가 어떻게 해보고 싶어도 우리는 남 아니냐? 그렇다고 모른 척하자니 그 사람이 어떤 짓을 할지 불안하고. 어제 갑자기 들이닥쳤는데 가라고 할 명분이 없더라. 지난번에 유서 얘기를 했지 않느냐고 했더니 당장 그 유서를 내놓아 보라고 한다."

그럼 어떻게 해야 하나. 오촌인지 육촌인지 저 아저씨를 여기서 살게 해야 하나. 생각만으로도 답답했다.

"유서 없던?"

떡집 아저씨가 물었다.

"유서요?"

나는 되물었다. 지난번 떡집 아저씨가 유서가 어쩌고저쩌고 했던 것은 그저 한 말이 아니었었나. 오촌 아저씨 들으라고 말이다.

"평소에 형님이 유서 얘기를 몇 번 하셨었거든. 나이가 많아 언제 어떻게 될지 모르는데 태산이 네 앞날을 생각하지 않을 수 없다면서 말이다. 아마 준비해두셨을 것 같다. 몸이 아파 미리미리 준비할 시간이라도 있었으면 꼼꼼히 해결하고 가셨을 양반인데 갑자기 그런 일을 당해서, 에휴."

아빠 얘기를 듣자 물컹한 것이 가슴속에서 쑥 올라오는 것 같았다. 그러더니 눈언저리가 뜨거워졌다.

"사실은 말이다. 지금 이런 말을 하면 좀 그런데. 시간이 지나고 나서 자연스럽게 말하려고 그랬었는데……."

떡집 아저씨가 무슨 말인가 하려다 자꾸 멈칫멈칫했다.

"말을 해야지요. 태산아."

떡집 아줌마가 대신 나섰다.

"사실은."

"됐다. 내가 얘기하마. 흐흠."

떡집 아저씨는 갈라지는 목소리를 가다듬으려 헛기침을 했다.

"사실은 형님이 말이다. 갑작스레 그런 일을 당할지도 모른다는 걸 미리 아셨는지, 아, 사람이라는 게 그렇다. 알게 모르게 자신에게 다가올 앞날을 예측하게 되는 경우도 있거든. 아무튼 그 일이 일어나기 두어 달 전부터 자꾸 이런 말씀을 하셨다. '내가 생각보다 오래 살지 못하면 우리 태산이 자네가 보살펴줘야 하네. 아들 삼아서 대학교 보내고 장가보내고 두고두고 보살펴줘야 하네' 이렇게 말이다. 혹시 유서를 준비해놨다면 그 얘기도 분명 쓰여 있을 텐데. 태산이 너도 알다시피 우리는 아이가 없잖니."

나보고 떡집 아저씨 아들을 하라고 했다고? 아빠가?

"그런데 오촌인지 누군지 나타나서 저러고 있으니 내가 어떻게 해야 할지 모르겠다."

떡집 아저씨 얼굴에 진심으로 걱정하는 표가 역력했다. 나는 주먹을 지그시 쥐었다. 떡집 아저씨 말이 사실일까? 아빠는 정말 내가 떡집 아저씨 아들이 되기를 바랐을까? 물론 그럴 수도 있다. 아빠는 이미 칠십이 넘었고 불안했을 수도 있다. 떡집 아저씨에게 그런 부탁을 했다면 그것은 오로지 내 앞날을 걱정해서일 거다. 알긴 알겠는데 마음이 영 그렇다. 아빠에게 배신당한 것 같다. 나는 내가 일찍 죽더라도, 이 세상에 아빠 혼자 남겨놓고 내가 먼저 죽더라도 아빠에게 절대 다른 아이의 아빠가 되라는 말은 하지 않왔을 거다. 그건 슬픈 일이니까. 아빠는 영원히 나만의 아빠이고 나는 또 영원히 아빠만의 아들이니까.

"내가 법적인 것을 좀 알아봐야겠다. 외가 쪽으로 오촌이 유산 상속이나 아이를 돌보는 일에 간섭할 수 있는지. 그 전에 정말 그 사람이 오촌인지 아닌지 그것부터 알아봐야 하는데 말이다."

"그러니까 내가 시골에 다녀오라고 했잖아요. 태산이 엄마 고향 말이에요."

떡집 아줌마가 말했다.

"아줌마 말대로 내가 곧 시골에 다녀올 테니까 너는 가게에 꼭 붙어 있어야 한다. 하루 매상을 그 사람이 챙기려고 할지도 모르고 그걸 처음부터 막지 않으면 아주 자기 가게처럼 행동할 테니 말이다. 내가 용식이한테도 잘 일러둘 테니, 알았지?"

떡집에서 저녁밥까지 먹고 집으로 왔다. 그때까지 기형이는 돌아가지 않고 있었다. 그새 용식이 형과 친해져서 낄낄거리고 있었다.

밤이 되자 기형이는 자기 아빠한테 전화를 걸어 우리 집에서 자고 가겠다고 애걸복걸했다. 정말 우리 집이라는 걸 확인시켜야 한다며 나를 바꿔주기도 하고 용식이 형을 바꿔주기도 했다. 그동안 손도 못 댄 방학숙제를 해야 한다고 말도 안 되는 핑계를 댔다. 그걸 믿어주리라고 생각하고 거짓말할까.

그렇게 애쓴 결과 하루 외박을 허락 받았다.

가게 문을 닫고 용식이 형이 하루 물건 판 돈을 공책과 함께 내놓았다.

"태산이 왔으니까 어제 것도 얼렁 주세요."

용식이 형이 오촌 아저씨를 향해 볼멘소리를 했다.

"태산이 너 없다고 어제 돈 저 아저씨가 뺏어갔다."

용식이 형은 오촌 아저씨에게 손가락질을 하며 말했다.

"뺏어가다니."

오촌 아저씨가 펄쩍 뛰었다.

"빨랑 내놔요."

용식이 형이 오촌 아저씨를 향해 배를 쑥 내밀며 목소리를 높였다.

"그거는 태산이와 내가 알아서 할 문제니까 너는 가게나 잘 보고 손님 오면 물건이나 잘 팔면 되는 거다. 일 끝났으면 어서 가봐."

용식이 형은 오촌 아저씨에게 떠밀리다시피 돌아갔다. 기형이가 바람보다 더 빠른 손길로 용식이 형이 내놓은 돈을 공책에 넣고 품에 안았다. 오촌 아저씨가 의아한 눈으로 기형이를 바라봤지만 기형이는 나 몰라라 하며 나를 방으로 떠밀고 들어왔다.

"나의 초능력에 가까운 직감으로 보면 저 아저씨 믿을 사람이 못 된다. 그러니까 내일부터 절대 밖에 나가지 말고 너랑 나랑 둘이 가게에 꼭 붙어 있자. 돈도 어디에 잘 감춰두고."

기형이는 공책을 안고 방 안을 휘 둘러봤다. 그러더니 장롱을 열고 안을 살피더니 이불 사이가 제일 안전해 보였는지 돈을 꺼내 겨울 이불 사이에 넣었다.

"그런데 부산에 남아서 해야 할 일은 뭐였냐?"

장롱 문을 닫고 난 후 기형이가 물었다.

"……."

"해리 미용실과 너와 무슨 연관이 있는지 더 알아보려고 했냐?"

"응."

"알아냈냐?"

"아니."

"나는 다른 일이 있는 건 줄 알고 궁금해서 미치는 줄 알았네. 참 태산아, 크크크."

기형이가 손바닥으로 입을 가리고 바퀴벌레 발버둥치는 소리를 냈다. 얘가 무슨 말을 하려고 생전 안 하던 짓을 하고 있담.

"어제 여기에 효미 왔었다."

이게 무슨 자다가 남의 허벅지 꼬집어 뜯는 말이냐? 효미가 왜 우리 집에 오냐.

"내가 어제 서울에 도착하자마자 초능력 더듬이가 자꾸 우리 집이 아닌 이곳으로 향하더라고. 그래서 와봤더니 저기 떡집 모퉁이에서 효미가 이러고 서서 장사 쌀집을 뚫어져라 쳐다보고 있더라."

기형이는 몸을 움츠리고 눈을 갸름하니 떴다.

"내가 뒤에서 와악 하고 소리쳤더니 뒤로 벌렁 나자빠질 만큼 놀라는 거 있지. 조금만 더 놀라게 했으면 완전히 나자빠지는 건데. 크크, 효미가 초미니스커트를 입고 있었는데 말이야. 참 아섭게 됐지."

"걔가 왜 우리 집을 엿보고 있었다니?"

시큰둥하게 묻는데 문득 효미가 병원에 들고 왔던 꽃다발이 떠올랐다. 붉게 빛나던 장미꽃과 장미꽃만큼 빨갛던 효미 입술도.

"으아악!"

나는 생각을 떨쳐내려고 소리를 질렀다.

"깜짝이야. 왜 갑자기 소리 지르냐?"

"왜 우리 집을 엿보고 있었느냐고?"

"효미가 '씨발 놈아, 간 떨어질 뻔했잖아' 이러면서 도망치는 바람에 못 물어봤는데, 있지 와, 효미는 욕하는 것도 섹시하더라. 거기에다 뭔지 모르지만 속까지 시원하게 만들고. 크크, 효미가 씨발, 하는데 카타르시스가 느껴지더라니까."

변태 같은 새끼. 다른 때 같으면 크크거리는 기형이에게 맞장구 쳐주고 말았을 거다. 그런데 이상하게 오늘은 은근히 부아가 치밀었다.

기형이는 누워서도 계속 효미, 효미를 노래처럼 불렀다. 기형이 입에서 나온 효미라는 말을 모아 줄을 만들면 줄다리기에 쓰는 굵은 동아줄도 엮을 수 있었을 거다. 씨발, 제 놈이 뭔데 효미, 효미, 효미야. 그런데 내가 왜 이러지? 나는 머리를 마구 헝클어뜨리며 이불에 얼굴을 파묻었다.

잠이 든 기형이가 잠꼬대를 하는지 효미를 불렀다. 나는 기형이 입을 힘껏 꼬집었다.

허공에 돈을 날리다

떡집 아저씨가 엄마 고향에 다녀왔다. 갈 때는 온 세상 근심을 다 짊어진 것 같은 얼굴로 갔었는데 돌아올 때는 얼굴 가득 웃음 꽃이 활짝 폈다.

떡집 아저씨는 돌아오자마자 주문이 밀려 시루떡에 인절미, 꿀떡에 바람떡까지 눈코 뜰 새 없이 쪄냈다. 오늘 따라 왜 이렇게 떡 먹겠다고 하는 사람이 많은지. 떡집 아저씨는 나를 불러놓고 그렇게 떡만 쪄댔다.

나 대신 쌀집은 기형이가 눈에 불을 켜고 지키고 있었다. 용식이 형과 기형이가 힘을 합하여 오촌 아저씨를 왕따시키고 있었다. 뭘 물어도 들은 척도 하지 않았다. 아까 점심시간에는 짜장면을 시켜 먹기로 용식이 형과 기형이가 합의를 봤다. 당연히 오촌 아저씨는 자기 것도 시키려니 생각하고 "나는 짜장 곱빼기!" 하고 소리쳤다. 하지만 배달되어 온 짜장면은 세 그릇이었다. 오촌 아저 씨는 눈을 부라리며 성질을 부렸다. 내가 다 민망할 지경인데 용 식이 형과 짜장면을 주문한 기형이는 눈 하나 깜짝하지 않았다.

"왜 일도 안 하고 짜장면을 먹으라고 한대요?"

용식이 형은 검은 짜장을 입가에 잔뜩 묻혀가며 연신 후르륵후 르륵 면을 흡입하며 말했다.

"무노동 무임금, 무노동 무음식이에요. 요새 인터넷에 신나게 뜨고 있는 유행어도 모르나봐."

한술 더 떠 기형이가 오촌 아저씨 약을 올렸다.

"새끼야, 너는 일했냐? 쥐새끼처럼 이리저리 쪼르르 돌아다니며 정신 사납게만 했지 너는 일했느냐고?"

오촌 아저씨는 복받치는 열을 참지 못하겠는지 기형이 머리통 을 휘갈겼다. 다른 일에는 뺀질거리던 사람이 짜장면 한 그릇에 무너지는 모습이었다.

밀린 떡을 다 쪄낸 떡집 아저씨가 이마에 땀을 닦으며 의자에 앉았다.

"이제 걱정할 거 없다."

떡집 아저씨는 냉수 한 대접을 단숨에 들이켰다.

떡집 아저씨의 말은 이러했다.

엄마 고향에는 몇몇의 친척이 살고 있었는데 오촌 아저씨 이야기를 하자 단박에 '미친놈'이라고 하더라는 거다. 오촌 아저씨가 엄마와 사촌지간인 것은 맞는다고 했다. 하지만 오래전부터 서로 등지고 얼굴도 안 보고 살았다는 거다. 엄마네가 재산이 꽤 많았는데 외할아버지가 갑자기 돌아가시고 엄마와 외할머니만 남게 되자 온갖 힘과 꾀를 총동원해서 재산을 가로챘다는 거다. 그 일로 외할머니가 화병으로 세상을 떠났다고 했다.

"그 재산 가로챈 것도 모자라서 이제 너한테까지 접근하고 있다. 하지만 걱정 마라. 내가 오는 길에 법무사 사무소에도 다녀왔다. 아무리 친척이라고는 하지만 오촌은 상속에 아무런 개입도 할 수 없단다. 직계혈족이나 삼촌 이내에 친척만이 후견인이 될 수 있다고 한다. 아니면 법원에서 후견인을 정할 수 있다더라. 태산이 네 생각에 달렸다. 정말 다행이지 않니?"

다행이긴 다행이다. 그런데 마음이 왜 이런지 모르겠다. 어쩌다가 법에 의지해야만 하는 상황이 되었는지.

"너 누구한테 협박당하고 왔냐? 얼굴이 왜 그러냐?"

가게로 돌아오자 오징어 다리를 쭉쭉 빨며 기형이가 물었다. 아빠는 오징어를 좋아했다. 그래서 마른 오징어를 가게 책상 서랍에 넣어놓고 수시로 먹었다. 아빠가 먹다 남은 오징어인가 본데 그건 또 언제 찾아냈담.

"내 얼굴이 왜?"

"왜긴. 삥 뜯기고 더 가져오라고 협박당하고 온 얼굴이다, 완전히. 솔직히 말해봐라. 형님이 다 해결하고 책임져줄 테니."

기형이가 오징어 다리를 꽉 움켜쥐었다. 됐다, 너는 너나 책임져라. 나는 눈짓으로 오촌 아저씨는 어디에 있는지 물었다.

"똥 누는지 아까 화장실 갔는데 아직 안 온다. 변비인가 보다."

기형이가 뚱하니 말했다.

방으로 들어가려다가 멈춰 섰다.

"기형아. 우리 영화 보러 갈래?"

"갑자기 뭔 영화? 얘가 더위 제대로 먹었네. 너하고 내가 언제부터 영화 보고 살았다고. 우리가 그렇게 문화적인 면은 없었지, 원래."

기형이가 말도 안 되는 소리 하지 말라는 듯 빙글빙글 웃었다. 나는 쏜살같이 달려가 기형이 턱을 후려쳤다. 사람이 진지하게 말하면 진지하게 받아들일 줄 좀 알아라. 나는 진심으로 영화가 보고 싶어서 그런 거다. 너는 왜 내가 하는 말은 다 장난으로 아는 거냐.

"이 새끼가 미쳤나?"

턱을 어루만지는 기형이 눈알이 툭 튀어나올 것 같았다. 용식이 형이 달려와 중간에 섰다.

"싸우지 마."

용식이 형은 내 팔을 움켜잡았다.

"왜 때려, 새끼야. 맞아도 이유를 알고 맞아야 할 거 아니야?"

기형이가 두 주먹을 불끈 쥐고 용식이 형을 밀쳐냈다.

"영화 보러 가자고, 이 새끼야~."

나는 바락바락 악을 썼다. 기형이가 기가 막힌지 헛웃음을 웃었다. 나는 두 번 더 영화 보러 가자고, 새끼야를 외쳤다.

"그래, 가자, 영화 보러."

기형이가 남은 오징어 다리를 입에 구겨 넣고 질겅질겅 씹으며 말했다. 나는 방으로 들어와 장롱을 열고 이불 사이에 있는 돈을 모두 주머니에 집어넣었다.

기형이는 용식이 형을 잡고 오촌 아저씨를 조심하라고 몇 번이나 당부했다. 용식이 형은 주먹까지 불끈 쥐어 보이며 걱정하지 말라고 했다.

"무슨 영화가 보고 싶어서 그 지랄이냐?"

지하철역으로 걸어가며 기형이가 물었다.

"두들겨 패고 싸우고 죽이는 거."

"무식한 놈. 표현을 그렇게밖에 못하나? 그걸 보고 액션영화라고 말하는 거다. 무슨 유치원생도 아니고. 아이고, 한심한 놈."

말을 하는 기형이 입에서 오징어 냄새가 폴폴 났다. 나는 코를 쿵쿵거렸다. 아빠 입에서도 자주 오징어 냄새가 났었는데.

"아, 진짜. 변태 같은 새끼. 왜 입을 바짝 대고 난리야, 쪽팔리게."

기형이가 주변을 둘러보며 내 얼굴을 밀어냈다.

액션영화는 없고 로맨스와 공포영화, 그리고 애니메이션이 있었다. 기형이는 네 마음이 싱숭생숭한가 본데 이런 때는 로맨스를 보며 눈물 콧물 쏟아내는 것이 최고라고 꼬드겼다. 주인공 여자의 늘씬한 다리 사진을 보고 그러는 거라는 걸 내가 모를 줄 알고. 나는 공포영화를 보자고 했다. 내가 사는 집에 누군가가 몰래 같이 산다는 얘기였다. 기형이와 나는 매표소 앞에 서서 서로 한 치도 물러서지 않았다. 결국 내가 이겼다.

맨 뒷자리에 앉는데 여자아이 네 명이 우리 옆에 앉았다. 이런 거를 왜 보느냐, 정신 건강에 좋지 않다, 꿈자리가 뒤숭숭해진다, 재수 없으면 오줌을 지릴 수도 있다는 등 구시렁거리던 기형이 눈이 어둠 속에서 번쩍 빛났다. 빛나다 못해 여자아이들 하나하나 얼굴을 살피느라 눈알 굴리는 소리가 다 들릴 지경이었다.

솔직히 나는 소리치고 싶었다. 두들겨 패고 싸우고 죽이는 영화를 보면서 나도 영화 속 인물이 되고 싶었다. 누군지 모르지만 누군가를 향해 내 주먹을 날리고 싶었고 발차기를 하고 싶었다. 속이 시원해지도록, 내 몸이 산산조각이 날 때까지 그러고 싶었다.

하지만 안타깝게도 액션이 없으니 공포영화를 보며 마음껏 소리치고 싶었다. 나를 버리고 떠난 아빠한테 처음으로 소리치며 따지고 싶었다. 나는 도대체 어떻게 해야 하느냐고. 가르쳐주지도 않고 가면, 무턱대고 혼자 가버리면 어떻게 하느냐고.

그런데 다 틀렸다. 무서운 장면이 나오기도 전에 여자아이들은 영화관이 터져나가도록 소리를 질러댔고 그 소리에 눌려 아무것도 할 수 없었다. 소리치기는커녕 영화 내용도 제대로 머릿속에 들어오지 않았다. 대체 여자라는 아이들은 왜 그렇게 호들갑스러운지 모르겠다. 여자아이들이 하는 모양을 보면 이 영화를 만든 영화감독은 꽤나 흐뭇하기는 하겠다. 내가 공포영화를 제대로 만들었군! 이러면서 말이다.

영화를 보고 난 기형이는 배가 고프다고 했다. 햄버거 2인분을 눈 깜짝할 사이에 해치운 기형이는 내가 먹는 햄버거까지 날름거리며 엿봤다. 나는 감자튀김을 기형이에게 줘버렸다.

"이제 너는 집에 가라."

햄버거집에서 나와 기형이에게 말했다. 그런데도 기형이는 자기가 바래다주어야 한다며 끝까지 따라왔다.

어둠에 쌓인 '장사 쌀집' 건물이 멀리 보였다. 저 건물을 팔면 얼마나 받을 수 있을까. 꽤 큰돈이기는 할 거다. 그러니까 돈 냄새가 시골까지 풍겼고 생전 보도 듣도 못한 오촌이라는 사람이 찾아와서 친한 척이지.

"너 어디 가냐? 니네 집은 저쪽이야! 왜 한밤중에 남의 집 옥상에는 올라가고 난리냐?"

내가 발길을 돌려 떡집 옥상으로 올라가자 기형이가 놀라서 잡았다. 기형이는 모를 거다. 떡집 옥상이 얼마나 좋은지. 고기도 구워 먹을 수 있게 평상도 놓여 있고 바로바로 따서 먹을 수 있도록 고추도 심고 상추도 심어져 있다. 수도도 설치되어 있다. 여름이면 아빠와 떡집 아저씨는 장사를 끝내고 옥상에서 맥주도 마시고 밤새 이야기를 나눴었다.

"야! 여기 좋다. 겨우 3층 옥상인데도 동네가 훤히 보인다."

옥상에 올라서자 기형이가 감탄했다.

나는 평상에 앉았다. 아빠가 즐겨 앉던 오른쪽 자리다.

"모기만 없으면 여기서 자면 잠이 저절로 오겠다."

너는 어디서나 저절로 자거든! 다른 날 같으면 이렇게 받아쳤을 텐데…… 내가 조용하자 기형이가 돌아봤다.

"너 오늘 왜 그러냐?"

"……."

"응?"

"기형아."

"그래. 나 여기 있다."

"너는 떡집 아저씨하고 아줌마를 어떻게 생각하나?"

"떡집 아저씨하고 아줌마? 어떻게 생각하기는 떡집 아저씨하고
아줌마로 생각하지."

"그거 말고 새끼야."

"그럼 뭐?"

나는 입을 다물었다. 떡집 아저씨와 아줌마가 나를 아들 삼으려
고 한다는 말을 해야 하나 말아야 하나. 솔직히 내 마음은 이렇다.
예전 같으면 떡집 아저씨와 아줌마가 나를 좋아해서, 그리고 아빠
와 친하게 지냈으니까 정말 순수한 마음에서 그러고 싶어 할 거라
고 믿었을 거다. 지금도 그렇게 믿고 싶다. 하지만 자꾸 다른 생각
이 들려고 한다. 저기 보이는 저 건물. 장사 쌀집 건물 말이다. 혹
시 떡집 아저씨와 아줌마도 저 건물에 욕심을 갖고 있을까? 정말
그러지 않을 거라고 믿고 싶은데, 내가 지금껏 봐온 떡집 아저씨
와 아줌마는 절대 그런 사람이 아닌 게 확실한데 그런 마음이 왜
드는지 모르겠다. 그 생각으로 머리가 터지려고 한다. 할 수만 있
다면 '장사 쌀집' 건물을 번쩍 들어서 아무도 보지 못하는 곳으로
옮겨놓고 싶다.

"어? 저거 뭐냐? 별이 진다."

기형이가 하늘을 보며 소리쳤다.

"다 이 돈 때문이다."

나는 벌떡 일어나 주머니에 있던 돈을 꺼내 집어던졌다. 돈이

흩어지며 바람에 날렸다.

"너 미쳤냐?"

기형이가 놀라서 바람에 날리는 돈을 잡느라 뛰어다녔다.

"몇 장은 날아가버린 거 같다."

돈을 주워온 기형이 이마에 땀이 번들거렸다.

"너, 왜 그러냐? 네가 무슨 백치 아다다냐? 왜 돈을 뿌리고 난리야?"

기형이는 내 주머니에 돈을 쑤셔 넣으며 말했다.

"너는 그렇게도 돈이 중요하냐?"

나는 기형이에게 물었다.

"그걸 말이라고 하냐? 당근 중요하지. 너는 지금까지 니네 아빠가 오냐, 오냐 하면서 해달라는 거 다 해주고 그렇게 살아서 잘 모를 거다. 멀리 볼 거도 없다. 바로 우리 누나 말이야. 매형이 지지리도 가난했거든. 직업도 없고, 가진 거라고는 빤질거리는 얼굴밖에 없었거든. 우리 엄마 아빠가 머리에 띠 두르고 결혼을 결사반대 했었지. 그런데 우리 누나는 사랑만 있으면 된다고 사랑타령하면서 결혼했거든. 그런데 요새 맨날 매형이랑 싸워. 이유는 돈이 없어서야. 돈이란 이렇게 버리는 게 아니라고."

기형이가 일장연설을 늘어놓는데 기형이 아빠한테서 전화가 왔다.

"너 왜 아직 안 들어와? 태산이네 쌀집 문 닫는 시간 지났잖아? 어디서 뭔 짓 하느라고 안 들어와? 너, 십 분 안에 안 들어오면 가만 안 둔다."

천둥 같은 기형이 아빠의 고함 소리가 쩌렁쩌렁 울렸다. 오늘 저녁에 맞아죽었다며 뛰어가는 기형이의 뒷모습을 보며 나는 처음으로 기형이가 세상에서 제일 부러웠다. 못 견디게 부러웠다.

'손으로 말해요' 동호회

떡집 아저씨가 오촌 아저씨에게 법을 들이대며 그만 시골로 가는 게 어떻겠느냐고 말해도 오촌 아저씨는 꿈쩍도 하지 않았다. 그래도 핏줄이 나은 거라며 떡집 아저씨의 음흉한 속내를 꼭 밝혀낼 거라고 했다.

오촌 아저씨는 작전을 바꿨는지 용식이 형에게 친한 척했다. 치킨이나 떡볶이를 사다주기도 하고 사탕 같은 것을 용식이 형 주머니에 시시때때로 넣어주었다. 먹는 거에 장사 없는 법인지 용식이 형도 오촌 아저씨 앞에서 약간은 누그러진 태도였다. 오촌 아저씨가 뭐라고 하면 뭘 동네 개가 짖느냐는 식으로 대꾸도 안 하던 용식이 형이 곧잘 대꾸도 해주었다.

하지만 한 가지 확실한 것은 저녁에 장사한 돈과 공책은 꼭 나에게 넘긴다는 거였다. 오촌 아저씨가 아무리 친한 척해도 그것은 용식이 형한테는 바꿀 수 없는 법과 같았다.

나는 매일 기형이에게 놀러 나가자고 꼬드겼다. 쌀가게가 마치 맹수들이 우글거리는 밀림 같다는 생각이 자꾸 들어서였다. 가게 안에 있으면 뭐라고 꼭 짚어 말할 수는 없지만 두려움 같은 것이 밀려왔다. 하지만 기형이는 거의 대부분 내 말을 무시했다. 가게에는 주인이 있어야 하는 법이라고 했다.

그렇게 밖으로 나가고 싶어 안달이 날 때 담임에게 전화가 왔다. '손으로 말해요'라는 동호회에서 캠프를 가는데 가고 싶으면 같이 가자고 했다.

'손으로 말해요' 동호회.

손재주가 있는 사람들의 모임이라고 했다. 하는 일과 나이는 달라도 손으로 하는 일이라면 자신 있는 사람들이 모여 자신들이 만든 것을 공유하기도 하고 정보를 교환하기도 하며 맛있는 것도 먹고 놀러도 다닌다고 했다.

아이들 약이나 바짝바짝 올리는 게 주특기인 담임이 손재주가 있다는 말은 금시초문이었다.

가게는 주인이 지켜야 한다던 기형이가 더 적극적이었다. 이유는 단 한 가지였다. 그곳에 가면 여자아이들도 있을 거라는 거다.

"마음에 드는 여자아이를 만날 줄 누가 아냐? 운명처럼 말이다."

기형이는 눈을 게슴츠레하게 뜨고 말했다. 운명 좋아한다. 그런 말 하기 전에 그 살 좀 빼봐라. 뱃살은 출렁거리지, 턱살은 춤추지, 다가오던 운명이 도망가기 바쁘겠다.

"태산아. 너, 알퐁스 도데의 「별」이라는 소설 읽어봤냐? 그 소설 속에서 목장의 주인집 도련님이 청순한 하녀와 함께 밤새 별을 바라보지. 그러다 하녀는 도련님의 어깨에 머리를 대고 잠이 들지. 밤이슬 내려앉는 소리도 들릴 것 같은 산속의 여름밤에 말이다."

한심하기는, 읽으려면 똑바로 읽어라. 목장의 도련님이 아니라 목동이고 청순한 하녀가 아니라 주인집 딸이다. 하여간 어디서 분위기 좋은 부분은 알아가지고 토막토막 기억하기는 하는데 제대로 읽지 않아 엉망이다.

나와 기형이는 그렇게 1박 2일의 '손으로 말해요' 동호회 캠프에 참가하게 되었다.

"와, 기형아. 축하한다."

약속 장소에 미리 와 있던 담임이 기형이를 보자 손을 불쑥 내밀었다. 영문을 모르는 기형이가 담임 손을 잡으며 나를 바라봤다. 담임이 왜 이러느냐는 뜻이다. 축하 받을 일도 없는데 뜬금없이 축하한다니.

"개학날은 틀림없이 굴러서 학교에 오게 생겼다. 못 보는 동안 적어도 턱살 하나는 더 생긴 거 같다."

그제야 담임의 말을 알아차린 기형이는 담임 손을 마구 흔들어
댔다.

"아이고 선생님, 무슨 말씀을요. 아직 멀었습니다요. 개학날은
다가오고 그렇지 않아도 어떻게 하면 선생님 말씀대로 될 수 있을
까 걱정이 태산입니다요."

이렇게 말하며 머리를 조아렸다.

"걱정하지 마렷다. 1박 2일 동안 적어도 턱살 하나 추가는 책임
지마. 우리가 가는 곳이 어디냐. '손으로 말해요' 동호회 캠프다.
손 말이다. 손."

담임은 손을 강조했다.

캠프에 참가한 동호회 회원은 나와 기형이를 포함해 모두 열일
곱 명이었다. 휴가철과 겹쳐 잘 참석하던 회원 중에 어쩔 수 없이
빠진 사람도 많다고 했다. 연령대는 다양했다. 일흔 살이 다 된 할
아버지부터 오십 대 아저씨와 아줌마, 그리고 대학생들도 있었다.
그러나 안타깝게도 기형이가 기대하고 고대하던 우리 또래의 여
자아이는 없었다. 꿩 대신 닭이라고 기형이는 대학교 4학년이라는
누나 옆에 찹쌀떡처럼 달라붙었다.

목적지는 경북 봉화라나 어디라나 회원의 별장이었다.

다섯 대의 자동차에 나눠 타고 세 시간 정도 달려 목적지에 도

착했다. 사방으로 산밖에 없는 첩첩산골이었다. 드라마에서 보던 럭셔리한 별장만 상상했었는데 회원의 별장은 다 쓰러져가는 시골집이었다. 그럼 그냥 시골집이라고 하면 될 것을 별장이라고 말할 거는 뭐람.

별장에 도착하자 사람들은 방 세 개에 나누어 짐을 풀었다. 여자 다섯 명이 방 한 칸에 들어가고 나머지 열두 명은 대충 아무 방에나 가방을 던져놓았다.

집 옆으로 옹달샘이 있었고 마당가에는 키 큰 느티나무가 있었다. 이 집 주인인 회원이 초등학교 3학년 식목일에 심은 나무라고 했다. 이 집을 팔고 싶어도 사실 그 나무 때문에 팔지 못한다고 했다. 자신의 손으로 처음이자 마지막으로 심은 나무라 마치 형제 같은 느낌이 든다고 말했다.

"과연 이 오두막집을 살 사람이 있을까?"

기형이가 내 귀에 대고 속삭였다.

"이번 캠프는 다른 때와는 달리 직접 식사를 준비해서 먹기로 했습니다. 이곳은 달리 사 먹을 곳도 없고요. 그래서 식사 당번을 자원하셨던 분들이 자신이 만들 요리 재료까지 모두 준비해 오셨습니다. 손재주 중에 음식솜씨가 남다른 분들입니다. 기대하셔도 좋을 겁니다. 자, 그럼 1박 2일 동안 우리의 식사를 책임지실 회원들을 소개합니다. 박수~."

회장인 할아버지가 말하자 세 명이 일어났다. 그중에는 놀랍게
도 담임도 있었다.

"에이~ 우우~."

기형이가 엄지손가락을 아래로 내리며 야유를 보냈다. 때와 장
소를 구분 못하고 못된 버릇이 나왔다. 지금 이런 장소, 이런 사람
들이 모인 곳에서 꼭 저래야 하느냐고. 내 얼굴이 다 뜨거워졌다.

"안 먹어! 안 먹어!"

기형이는 주먹을 불끈 쥐며 박자를 맞춰 소리쳤다. 담임과 같이
일어났던 아줌마, 아저씨가 웃어야 할지 화를 내야 할지 모르겠다
는 표정을 지었다.

"그만해라."

나는 기형이 엉덩이를 힘껏 꼬집었다. 그제야 기형이는 정신이
들었는지 둘레둘레 사람들을 둘러보더니 손을 내렸다.

기형이와 나는 설거지 당번이었다. 기형이의 쪽팔리는 행동에
미안하기도 하고 그저 따라온 것이 좀 그래서 내가 자청했다.

한 시간 정도의 자유시간이 지나고 사람들은 마당에 멍석을 깔
고 둘러앉았다. 느티나무가 넓은 그늘을 만들어주고 산속이라 그
런지 한여름인데도 바람이 서늘했다.

모인 사람들은 그동안 자신들이 만든 공예품이나 그림에 대해
이야기를 나누고 사진을 보기도 했다. 기형이는 대학생 누나 옆에

앉아 온갖 참견을 다 했다. 대학생 누나는 의대생인데 취미로 타일에 그림을 그린다고 했다. 꽃을 그린 타일 하나를 내놓자 기형이는 침을 튀겨가며 칭찬했다. 길이길이 남을 명화란다, 앞으로 이백 년 뒤에 경매로 내놓는다면 그 가격이 이조는 될 거란다. 기형이의 눈물 나는 아부에도 대학생 누나는 기형이에게 눈길 한 올도 주지 않았다. 최선을 다한 구애에도 눈 하나 꿈쩍하지 않자 기형이는 두 손 들고 포기했다. 기형이는 불쌍한 표정으로 슬그머니 일어나 집 뒤로 가버렸다. 어디 가서 눈물이라도 짜고 오려나보다 하고 그냥 두었다.

잠시 후 기형이가 입이 찢어져라 벙실거리며 돌아왔다.

"선생님, 제가 손님 한 명을 초대했는데요."

그러더니 이러는 거다.

"손님? 누구?"

사람들 눈이 모두 기형이에게 쏠렸다. 왠지 불안하다.

"손재주가 아주 뛰어난 사람이지요. 바느질 하면 타의 추종을 불허하지요."

"그래? 누구?"

"선생님도 아는 사람이에요. 바로 효미, 박효미."

불안은 현실이 되었다. 여기에 효미를 불렀단 말이지? 얘가 지금 제정신이냐?

담임이 기가 찬 듯 기형이를 바라봤다.

"효미가 얼마나 바느질을 잘하는 줄 아세요? 다른 여자아이들은 옷 수선집에서 교복 치마를 줄여 입는데요, 효미는 자기가 직접 한대요. 통도 자기가 줄이고요. 그래도 다른 아이들 치마보다 훨씬 낫다니까요. 거의 예술의 경지라고 볼 수 있지요."

"효미가 여길 어떻게 찾아오냐?"

담임이 정신을 가다듬고 물었다.

"봉화까지 시외버스나 고속버스 타고 오라고 했어요. 터미널로 마중 나간다고요. 지금 바로 출발한다고 했으니까 저녁 먹을 때쯤이면 도착하겠네요."

"누가 마중을 나가는데?"

"선생님이요. 물론 저랑 같이요."

"기가 막힌다."

담임은 혀를 찼다.

이상했다. 초대자의 허락도 받지 않고 사람을 제멋대로 부른 것은 분명 기형이의 잘못이다. 특히 여자아이를 부른 것은. 그런데 나는 효미가 온다는 말에 설레고 있었다. 쿵덕쿵덕! 가슴이 뛰었다.

담임은 식사 준비를 하느라고 터미널에 나가지 못했다. 다른 회원이 대신 기형이와 함께 다녀오기로 했다.

"너도 같이 가자."

기형이가 말했다.

"싫다. 효미가 무슨 대단한 귀빈이라도 되냐? 몇 명이나 마중 나가게?"

나는 단칼에 기형이 말을 잘랐다.

담임을 도와 오이와 양상추, 파프리카를 씻으면서 내 마음은 터미널로 가고 있었다.

찐 단호박 안에 갖은 채소와 오리 훈제를 볶아 넣고 이름을 알려주지 않는 소스를 뿌린 것이 담임의 요리였다. 요리책에서나 볼수 있는 비주얼에 독특한 숯불향이 나는 요리는 담임을 다시 보게했다. 담임한테 저런 면이 있었나?

다른 식사 당번이 만든 요리는 이태리 요리와 프랑스 요리라는데 담임 요리에 견줄 게 못 되었다.

"사람은 말이다. 양파 같은 거다. 여러 개의 껍질로 쌓여 있단다. 하지만 그걸 모르는 사람들이 많아. 그저 밖으로 내보이는 게 내가 가진 전부라고 생각하기 쉽다. 공부를 못하면 나는 공부를 못하는 아이, 외모가 딸리면 나는 못생긴 아이, 체격이 왜소하면 나는 그저 그런 아이라고 생각하지. 반대로 성적이 우수한 아이는 그게 자신이 가진 전부이고 그걸로 인생을 승부하려고 생각한단다. 태산아. 지금 보이는 네가 전부가 아니다. 나는 네가 너에게 주어진 양파 껍질을 하나씩, 하나씩 벗겨내며 성장하길 바란다."

담임은 단호박 속에 넣고 남은 오리 훈제 하나를 내 입에 넣어 주며 말했다. 나는 고개를 끄덕였다. 하지만 담임의 말이 알듯 말 듯 어려웠다.

"어려움을 벗겨내면 그와 반대가 기다리고 있고 슬픔을 벗겨내 면 기쁨이 있다는 말이다. 오늘이 슬프다고 내일까지 슬픈 법은 없고 지금이 힘들다고 네 앞날이 계속 그렇지는 않을 거야. 기형 이한테 들었다. 오촌 아저씨 이야기. 그리고 네가 돈을 뿌렸다는 말도."

담임은 파프리카 볶은 것도 입에 넣어주었다. 새끼, 그런 거는 또 언제 말했담. 담임이랑은 앙숙인 척하면서 친하게 지냈다 이거지.

"어쩌면 앞으로 그런 일은 더 많이 생길지도 모른다. 지금은 아 빠의 부재가 아직 실감나지 않을 수도 있으니까. 그래도 양파 껍 질을 하나하나 벗겨나가는 마음으로 견뎌라."

"예."

담임이 내 손을 꼭 잡았다.

기대고 싶은 또는 진짜 좋은

효미는 구불구불한 파마머리를 하고 나타났다. 거기에다 옅은 갈색으로 염색도 했다. 곧 개학인데 바로 풀어야 할 파마를 왜 했는지 모르겠다. 사실 효미는 찰랑찰랑한 생머리가 훨씬 낫다.

"기형이가 하도 오라고 해서요."

그래도 양심은 있는지 효미는 담임 앞에서 미안해했다.

"너 잠깐 나 좀 보자."

나는 기형이를 데리고 집 뒤로 갔다. 뒤꼍은 칠흑 같은 어둠이 깊게 내려앉아 있었다.

"귀신 나오겠다. 으스스하게 여긴 왜 오냐?"

"너 담임한테 어디까지 말했냐? 나에 대해 말이다."

"아이 씨, 벌써 얘기하대? 하여간 성질머리 더러운 것도 모자라서 입도 팔랑팔랑 싸요."

기형이가 침을 모아 퉷! 뱉었다. 앙숙인 척하기는.

"솔직히 말해서 너에 대해서 어른 누군가는 알고 있어야 한다는 생각이 들더라. 네가 돈을 마구 던질 때 나, 솔직히 섬뜩했다. 이 새끼가 이러다가 진짜 미치면 어쩌나 이런 불안감이 밀려오더란 말이다. 내가 가게에 며칠 있어봐서 알잖냐? 네가 자세히 말해주지 않아서 잘 모르겠지만 떡집 아저씨하고도 무슨 일이 있는 것 같고 오촌인지 그 아저씨 때문에 스트레스도 엄청 받잖냐. 그래서 고민하다 담임한테 말했다."

"어디까지?"

솔직히 담임한테 말한 거 추궁하고 싶지는 않다. 잘못이라고 따지고 싶지도 않다. 아까 담임의 말을 들으며 내 자신이 훨씬 편안해졌으니까. 뭔지 모르지만 뜨거운 기운으로 충전되는 것 같았으니까. 단, 부산 얘기만 빼면 말이다.

"내가 아는 거 다."

"부산 갔다 온 것도?"

"응."

"차비 얘기는 안 했겠지?"

그래, 좋다. 부산 구경한 거까지는 말해도 괜찮겠다. 기형이 저

놈도 자존심이 있는 놈인데 설마 그 뻘짓한 거까지는 말하지 않았겠지. 손금고에 손댄 게 뭐 자랑거리라고 불었겠어.

"했는데? 말하려면 다 해야지 왜 하다 마냐?"

"에라이, 이 새끼야."

아주 자랑이다. 생선구이를, 그것도 대자로 처먹고 차비 모자라서 무궁화 열차로 끊었다가 남의 집 가서 퍼질러 자다 기차 놓쳐 남의 돈 꺼내 갖고 온 걸 말하고 싶던? 그게 무슨 자랑이라고 나불거리고 싶더냐고? 담임이 어떻게 생각했겠어. 그것도 그렇지만 해리 미용실 사진을 들고 비밀을 캐내려 했던 일, 담임이 혹시 물어보면 뭐라고 대답하지. 하여간 매일 처먹는 거만 밝히지 해야 할 말, 해서는 안 될 말, 구분을 못 해요, 구분을. 이 험한 세상 친구라고는 저놈밖에 없는데 내 신세가 참 한심하고 처량하다.

"태산아, 기형아."

담임이 부르는 소리가 들렸다.

"예~, 밥 먹어야지, 밥."

기형이는 바람을 일으키며 마당으로 달려갔다.

"부스럭 부스럭."

어둠 속에서 바로 옆으로 뭔가가 지나갔다. 낮게 몸을 낮춘 그림자. 그것의 움직임은 조용하고도 재빨랐다. 소름이 끼쳤다.

'엄마야.'

뒤를 돌아볼 것도 없이 마당으로 뛰었다.

기형이는 효미 옆에 바짝 붙어 다니며 연신 흐느적거렸다. 뼈 없는 놈처럼 말이다. 낙지 같았다.

밥을 먹는 내내 기형이 행동이 신경 쓰였다. 대체 기형이 속을 알 수가 없다. 효미가 나를 좋아한다며 나와 엮어주려고 하는 것 같다가도 어느 날 보면 기형이가 효미를 엄청 좋아하는 것 같으니 말이다.

효미는 이것저것 집어다 내 접시에 올려주었다.

"이거 먹어. 맛이 특이하다."

이러면서 가지런한 이를 드러내고 활짝 웃었다. 모닥불 빛에 반사되는 효미의 붉은 뺨이 금방이라도 터질 꽃봉오리 같았다.

"나도 좀 줘봐라. 뭐가 특이하냐?"

기형이는 그 꼴을 보지 못하고 끼어들었다.

저녁을 먹고 난 후 사람들은 모닥불 가로 모여들었고 나와 기형이는 설거지 거리를 들고 옹달샘으로 갔다. 효미가 전등을 비쳐주겠다고 했다.

옹달샘 가에 빈 그릇을 늘어놓을 때였다.

"으아악!"

전등을 들고 있던 효미가 비명을 질렀다.

"배, 배, 뱀인가 봐."

효미는 잔잔한 옹달샘 물 위를 가리키며 소리쳤다. 기다란 것이 물 위를 지나갔다는 거다. 뱀이라니. 나는 소스라치게 놀라 옹달샘에 넣었던 손을 얼른 꺼냈다.

"뱀이다아~ 뱀이다아~ 맛도 좋고 몸에 좋은 뱀이다아~."

갑자기 기형이가 일어나 몸을 흔들며 뱀 타령을 해댔다.

"아, 니네는 뱀고기 먹어봤다고 했지?"

효미가 떨리는 목소리를 꿀꺽꿀꺽 삼키며 물었다.

"그럼. 그때부터 힘이 불끈불끈 솟는다니까. 어디냐? 뱀이 어디로 가데?"

기형이는 당장이라도 뱀을 때려잡을 기세였다.

결국 전등은 돌 위에 놓고 효미는 마당으로 보냈다. 전등 불빛 밑에서 덜덜 떠는 효미의 긴 다리가 설거지에 방해가 될 것 같기도 하고 무엇보다 기형이가 하는 꼴이 신경을 거슬리게 해서다.

"물어볼 거 있다."

나는 접시를 닦으며 말했다.

"물어봐라. 어려워하지 말고."

"······."

막상 물어보려니까 입이 떨어지지 않았다.

"내가 하는 말을 오해하지 말고 들어라."

나는 숨고르기를 한 다음 용기를 내어 말했다.

"뭔데 그래?"

"너, 효미 좋아하냐?"

내 말에 크르릉 크르릉 하던 기형이 숨소리가 딱 멈췄다. 기형이 눈이 나를 정면으로 바라보자 말도 못하게 부담스러워지며 괜히 물어봤나 순식간에 후회가 밀려왔다.

"왜? 좋아하면 안 되냐?"

기형이 목소리는 장난기 하나 없이 진지했다. 은근히 '아닌데' 소리를 기대하고 있었는데 정신이 번쩍 들었다.

"그래, 뭐 좋아하고 싫어하는 거는 각자의 자유지. 그런데 효미는 나를 좋아한다고, 네가 그랬잖아? 효미가 나를 좋아한다고. 나를 보는 눈빛이 그렇다고. 그래서 너는 효미와 나를 엮어주려고 했던 거 아니냐? 그런데 왜 갑자기 네가 좋다고 그러냐?"

말을 하면서도 뒤죽박죽, 내가 뭔 말을 하는지 모르겠다. 목덜미가 뜨거워졌다.

"너는 효미 안 좋다며?"

그래, 별로 안 좋기는 했었지. 그런데 요즘 좀 이상하다니까.

"안 좋았는데 내가 좋아하는 거 같으니까 갑자기 샘이 나냐? 그래서 그러는 거냐?"

이게 뭔 말이람. 사람을 아주 치사하게 몰고 있다.

"효미는 너를 좋아하는데 너는 항상 시큰둥했잖아? 지난번에

기대고 싶은 또는 진짜 좋은 175

병원에 왔을 때도 먹는 거 뺏긴 놈처럼 불룩하니 말도 잘 하지 않고. 도저히 효미가 불쌍해서 못 보겠더라. 그래서 내가 효미에게 잘해주기로 마음먹었다. 나는 원래 효미를 좋아했는데 효미가 너를 좋아하니까 양보하려고 했었지. 하지만 이제는 안 그러려고."

기형이 목소리에서 비장함이 느껴졌다. 미친놈. 효미가 무슨 물건이냐? 양보하고 말고 하게. 아무리 그래 봐라. 효미 마음이 그렇게 쉽게 바뀔까봐? 아까 여기에 도착해서 나를 볼 때 효미 눈빛 봤냐? 효미는 나를 좋아한다고. 나 때문에 여기에 온 거라고. 마음속으로 이렇게 외치는데도 어쩐지 불안했다. 나는 말없이 접시만 닦았다.

"태산이 너 그거 아냐?"

한참 후에 기형이가 고요를 깼다.

"네가 갑자기 효미에게 관심을 갖게 된 거. 전에는 전혀 그렇지 않다가 요즘 그러는 거. 내가 볼 때 그거, 심리학적으로 분석해볼 때 그 마음은 네가 효미를 좋아하는 게 아니야."

심리학적 분석 좋아하네. 공부하고는 담 쌓은 놈이 어려운 말 쓰기는. 그래, 좋다. 분석한 결과가 뭐냐, 뭐냐고?

"이런 말 하기 뭐하지만…… 이런 말을 해도 되는 건지 모르겠지만 너는 효미를 좋아해서 그러는 게 아니라 기댈 곳을 찾느라고 그러는 거야. 솔직히 태산이 너 요즘 많이 힘들잖아? 그래서 그러는 거라고. 그건 좋아하는 마음이 아니다. 그러다 태산이 네가 힘든 거 없어지면 효미가 도로 싫어질 거다."

한번 터진 기형이의 말은 끝없이 이어졌다. 그러면 효미가 너무 불쌍하단다, 나보고 나쁜 아이란다, 그러는 게 아니란다. 아주 천사 한 명 하강했다. 유치원 다닐 때부터 죽으라고 붙어 다닌 친구인 나보다 효미가 기형이에게 더 소중한 존재로 보였다. 공연히 서럽고 눈물이 났다.

야아옹.

기형이의 연설은 때 아닌 고양이 소리에 멈췄다. 바로 앞에 번득이는 빛이 보였다.

"이런 곳에도 고양이가 사냐? 뭐 먹고 사냐?"

기형이 관심은 금세 고양이에게로 갔다. 전등을 들어 고양이가 있는 쪽을 비췄다. 불빛에도 고양이는 도망치지 않고 이쪽을 똑바로 보고 있었다.

야아옹.

울음소리가 애절했다.

이야아옹.

다른 울음소리도 들렸다. 큰 고양이 뒤로 꼬물꼬물 뭔가 움직였다. 새끼 고양이였다.

"배고픈가 보다."

기형이는 소쿠리에 건져놓은 음식 찌꺼기를 접시에 담아 고양이 앞으로 내밀었다. 한 발 물러서는 듯하던 고양이가 몸을 낮추고 접시로 다가와 냄새를 맡았다. 그러더니 뒤로 물러났다. 어미 고양이가 뒤로 물러나자 새끼 고양이가 앞으로 나와 접시에 코를 박고 음식 찌꺼기를 먹기 시작했다. 잠시 후 새끼 고양이가 접시에서 입을 뗐다. 그제야 어미 고양이가 나머지 음식 찌꺼기를 먹었다. 새끼 고양이는 음식 찌꺼기를 먹는 어미 고양이 몸에 제 몸을 비벼댔다. 그렇게 음식 찌꺼기를 먹고 난 어미 고양이와 새끼 고양이가 어둠 속으로 사라졌다.

"진짜 신기하다. 이 산골에서 뭐 먹고 사냐?"

기형이는 고양이가 사라진 쪽을 바라보며 탄성을 질렀다.

"무지하게 배고팠나 보다. 요러고 똑바로 쳐다보고 있는 걸 보면 말이다."

기형이가 눈을 갸름하니 뜨고 힘을 주었다.

나머지 그릇을 닦는 내내 새끼 고양이가 먹는 동안 한 걸음 뒤에 물러나 지키고 있던 어미 고양이 모습이 떠올랐다. 그리고 어미 몸에 제 몸을 비비던 새끼 고양이도.

그릇을 닦아 마당으로 왔을 때 모닥불 앞에서는 때 아닌 노래자랑이 벌어지고 있었다. 마침 효미 차례인지 효미가 두 손을 공손히 모으고 어울리지 않게 폼을 잡고 있었다. 곧 효미 입에서 흘러

간 명곡이 나왔다.

"그리워하면 언젠간 만나게 되는~~ 어느 영화와 같은 일들이 이뤄져가기를~."

애절한 효미의 목소리에 콧잔등이 시큰해졌다. 기형이 말대로 나는 효미를 좋아하는 게 아니라 아빠의 빈자리가 너무 커서 기대고 싶어 하는 걸까? 그런데 왜 이렇게 가슴이 뛰는 거지? 기대고 싶어 하는 것과 좋아하는 것은 어떻게 다른 걸까?

변호사의 회상

　캠프라는 것이 먹고 놀면 되는 거지 새벽부터 두들겨 깨워서 세미나인지 뭔지를 한다고 했다. 무슨 공부를 한다는 건지 모두 팅팅 부은 얼굴로 새벽이슬로 촉촉해진 멍석 위에 모여 앉았다.
　"오늘 발표자는 김호원 변호사이십니다."
　사회를 보는 담임이 말을 하자 오십 대 아저씨가 앞으로 나갔다. 외모는 시골에서 농사짓는 농부라고 하면 딱 맞게 생겼는데 변호사란다.
　"지난 6월부터 본격적으로 봉사를 다니기 시작했습니다."
　변호사가 입을 뗐다. 변호사 수수료는 엄청 비싸다는데 그걸 포기하고 무료로 변호한다는 말인지. 아니지. '손으로 말해요' 동호회니까 그건 아니겠다.

"매주 노인정과 보육원을 돌며 봉사하지요. 내가 잘하는 것으로 남을 돕는다는 거는 정말 행복한 거예요. 요즘 저는 너무 행복해서 눈물이 날 지경이랍니다. 기술도 점점 느는 것 같아요. 여기에 모이신 분들 대부분도 마찬가지겠지만 저 역시 단 한 번도 남에게 기술을 배워본 적도 교육을 받아본 적도 없어요. 하지만 제가 놀라울 정도로 발전하고 있답니다. 자랑 같지만 역시 이쪽으로 저는 천부적인 소질을 타고 태어난 것 같습니다."

말을 듣다 보니 변호사가 가진 천부적인 소질이 만들어낸 기술이 어떤 건지 궁금했다. 변호사는 어디서 구해왔는지 양동이 하나를 뒤집어놓더니 모인 사람들을 휘 둘러봤다.

"학생 나와 봐."

변호사가 기형이를 지목했다. 담임이 사회를 보고 변호사가 발표하는 그 와중에도 효미를 흘끗거리고 있던 기형이가 눈을 동그랗게 떴다.

"왜에요오?"

그러면서 기형이가 엉거주춤 일어섰다. 변호사가 어서 나오라는 손짓을 했다. 영문을 모르고 앞으로 나간 기형이는 엎어놓은 양동이 위에 앉았다.

쿠으윽.

양동이 밑판 찌그러지는 소리가 들렸다. 그러자 여기저기에서 웃음이 툭툭 튀어나왔다. 공구통을 열고 가위를 꺼내들던 변호사도 입을 가리고 웃었다.

기형이 목에 보자기가 둘러졌다.

"미용사마다 머리 자르는 방식이 다 다릅니다. 저는 각 사람마다 얼굴이 다르듯 그 사람에게 맞는 머리 모양이 있다고 생각했습니다. 기본적인 머리 디자인이 아니라 머리를 깎는 기술에 따라 달라지는 모양 말이지요. 이것은 제가 연구하고 개발한 것입니다. 그럼 일단 이 학생의 얼굴을 보시지요."

변호사는 손가락으로 기형이 턱을 들어올렸다.

"일단 얼굴이 둥글고 넓적합니다. 목과 얼굴의 구분이 잘 가지 않기도 합니다."

쿡!

누군가 웃음을 참지 못하고 목젖 쥐어짜는 소리를 냈다.

"그런데 귀는 얼굴에 비해 상당히 작습니다. 이런 얼굴에 지금의 머리 모양을 보세요. 성의 없이 깎아놓은 학생 머리입니다. 학생 머리라고 해서 대한민국 남학생들 머리를 모조리 이런 식으로 깎는 것을 당연하게 생각하는 미용사들이 많습니다. 얼굴 모양에 상관없이 말이지요. 그러다 보니 조금만 길어도 이런 모양이 나옵니다."

변호사가 기형이 머리를 잡고 좌우로 돌렸다. 기형이가 울상이
되어 어쩔 줄 몰라 했다.

"소쿠리를 엎어놓은 것 같은 이 머리."

큭큭큭.

나는 분명히 봤다. 효미가 웃는 것을. 효미가 소쿠리를 엎어놓은
것 같다는 기형이 머리를 보며 웃자 내 기분이 말도 못하게 좋았다.

"제가 이 머리에 기적을 일으키겠습니다."

변호사가 찰칵! 가위 소리를 냈다. 분무기로 촥촥! 기형이 머리
에 물이 뿌려지고 가위질이 시작되었다. 기형이에게 머리를 숙이
게 한 뒤 빠르게 시작된 가위질. 변호사의 가위질은 현란했다.

멍석에 앉은 사람들은 모두 입을 벌리고 그 모양을 지켜봤다.
찬란한 아침 해가 막 앞산에서 고개를 내밀고 있었다. 가위가 햇
빛을 받아 눈부시게 반짝였다. 지금 가위는 그냥 가위가 아니었다.
한 나라의 국운을 지켜내는 창과 칼이 저 가위처럼 숭고했던가.

아래위로, 좌우로 돌려지는 기형이의 머리. 그렇게 삼십여 분 지
났을까. 반듯하게 앉는 기형이를 보며 놀라움에 나도 모르게 입이
쩍 벌어졌다. 둔하고 답답하고 쳐다만 봐도 더운 기형이 얼굴이
제법 날렵하고 세련되어 보였다. 어째 턱살도 줄어든 것 같고, 얼
굴이 갸름하니 살이 쭉 빠진 것 같았다.

요술이었다. 요술이 아니고야 단 삼십 분 만에 사람을 저렇게

달라지게 할 수는 없다.

"와아~."

감탄의 목소리가 합창처럼 퍼졌다.

"변호사님, 당장 변호사 사무실 문 닫고 미용실 개업하시면 대박 나겠는데요."

담임이 벌떡 일어나 손뼉을 치며 말했다. 그러자 박수 소리가 우레와 같이 울렸다.

기형이가 보자기를 풀고 일어났다. 햇빛에 비추이는 파릇한 목덜미. 가슴이 덜컥 내려앉았다. 기형이가 저렇게 잘생긴 놈이었나. 나는 얼른 효미 표정을 살폈다. 내 눈에도 잘생겨 보이는 기형이가 효미 눈에도 그렇게 보이는 것은 아닐까, 걱정이 태산처럼 커졌다.

"제가 이렇게 저 자신이 좋아하는 일을 포기하지 않고 계속할 수 있었던 것은 우리 '손으로 말해요' 동호회 회원 여러분의 힘이 컸습니다. 한 번씩 만나 서로 이야기를 나누고 기운을 북돋아주고 그랬기 때문에 가능한 일이었습니다. 사실 부모님이 원해서 변호사가 되었습니다만 변호사로만 평생을 살았다면 그리 행복하지 않았을 것 같습니다."

변호사가 허리를 숙였다. 그러자 또 박수가 터져 나왔다.

"변호사님. 오늘 발표에는 옛날에 힘들었던 시절을 견딘 이야기도 해야 하는데요. 우리 '손으로 말해요' 동호회에 젊은 사람들이 많이 들어오고 있지 않습니까? 현실에서는 다른 일을 해야 하지만 꿈을 버리지 않고 키우려는 젊은 회원들에게 한마디 해주시지요."

담임이 정중하게 말했다. 변호사는 보자기를 곱게 접어 양동이 위에 올려놓고 가위와 빗을 공구통에 넣은 다음 두 손을 앞으로 모으고 바로 섰다.

"어렸을 적부터 손재주가 좋다는 말을 곧잘 들었었지요. 손으로 하는 거는 뭐든 잘했습니다. 중학교 때는 옷도 만들었습니다. 옆집에 사는 여학생이 가정 숙제로 블라우스를 만드는데 그걸 못하고 끙끙거리지 뭡니까? 단숨에 만들어줬지요. 그리고 저에게는 누나가 세 명 있고 동생이 둘 있습니다. 중학교 2학년 때부터인가 제가 그들의 머리를 모두 잘라주었습니다. 머리 만지는 게 참 재미있고 행복해서 미용사가 되면 좋겠다는 막연한 꿈을 꾸었지요. 하지만 부모님 반대에 입 밖으로 말도 못 내봤어요. 그렇게 법대를 졸업하고 사법고시 공부를 할 때였습니다. 네 번째 시험에 떨어진 날 머리를 삭발하러 미용실을 찾았지요. 거기에서 운명처럼 민우라는 친구를 만났습니다. 미용실 주인아줌마의 아들이었는데 파일럿이 되려고 항공학교에 다니는 친구였지요. 이 친구도 미용에 관심이 많았지만 어머니의 반대로 항공학교에 다니는 중이었어요. 나보다 열 살 정도 아래였지만 우리는 '미용'이라는 공통의 관심

사로 금세 친해졌어요. 많은 이야기를 나누는 중 우리가 해야 할 일을 이루어놓고 꿈도 이루자고 약속했지요. 할 일을 하고 나면 우리가 무슨 일을 하든 반대하는 사람은 없을 거라고요. 저는 그때부터 다 접고 죽으라고 공부해서 다음 시험에 합격했지요. 그리고 그 친구도 열심히 학교에 다녔고요. 따지고 보면 그때 그 친구를 만났던 것이 저에게는 큰 행운이었습니다.”

변호사가 말을 마쳤다.

“그럼 그분은 지금 저 하늘을 날고 있겠네요. 물론 그분도 꿈을 버리지 않고 키워나갔겠지요? 세계 여러 나라를 돌며 봉사를 하고 있을지도 모르겠네요.”

누군가 물었다.

“잘 모르겠습니다.”

변호사가 고개를 저었다.

“에이, 그런 게 어디 있어요. 얘기를 해주려면 끝까지 해주어야지요. 그분은 중간에 포기했나 보네요?”

기형이가 나섰다.

“남의 사생활이라 말하기는 어렵습니다만 그저 들리는 소문 정도로만 알고 있습니다. 그 친구는 어디선가 미용실을 하고 있다고 하는데 잘은 모릅니다.”

변호사 목소리에 힘이 없었다. 파일럿을 포기하고 미용사가 되었다? 왠지 김빠지는 소리다. 변호사는 들어오려고 했으나 분위기는 계속 말하기를 원하고 있었다.

"그 친구에게는 여자 친구가 있었습니다. 대학생이었지요. 비행기 승무원이 꿈이었던 여학생이었어요. 그런데 뜻하지 않게 졸업하기도 전에 임신을 했습니다. 휴학을 하고 아기를 낳았어요. 그런 다음 복학을 했어요. 물론 주변 사람에게나 학교에는 아기를 낳았다는 거, 철저히 비밀이었답니다. 여학생은 초등학교 때부터 승무원이 꿈이었기 때문에 그저 그만둘 수가 없었지요. 딱 일 년만 비행기를 타 보고 그만두겠다고 하며 승무원이 되었습니다. 그때 이 친구도 파일럿의 꿈을 이루고 슬슬 비행기를 타게 되었지요.

그렇게 일 년이 지나고 결혼식 날짜를 잡았어요. 승무원이 된 여학생은 마지막 비행을 가게 되었답니다. 그때 맞췄던 웨딩드레스가 완성되었고 이 친구는 완성된 웨딩드레스를 보고 빨리 보여주고 싶기도 하고 입혀보고 싶기도 했습니다. 그래서 하루라도 빨리 들어오라고 전화했고 여학생은 동료 승무원과 근무를 바꿔 하루 일찍 들어오는 비행기를 타게 됩니다. 그런데 그 비행기가 사고가 났습니다. 공중 폭파였지요. 바다 한가운데에서……. 아무것도 찾지 못했습니다."

변호사는 여기까지 말하고 어두워진 얼굴을 손바닥으로 문지르며 들어왔다. 한껏 업 되었던 분위기가 무겁게 가라앉았다.

"지금 영화 얘기 한 거냐?"

기형이가 내 귀에 대고 속삭였다.

"진짜 저런 일이 있었단 말이야? 에이, 아닌 거 같다."

기형이는 끝까지 영화라고 말했다.

우리는 아침을 먹고 뒷산에 올라갔다 온 다음 돌아가기로 했다. 야트막한 동산이라 올라가기에 힘들지는 않았다. 나는 산에 올라가며 앞서 가는 사람이 하는 얘기를 들었다. 변호사가 말하던 파일럿, 그 사람 이야기에 대해 아는 사람인 것 같았다. 또 그 비행기 사고는 꽤나 큰 사고였던 모양이다.

유해는커녕 물건 하나도 찾지 못하고 비행기에 탔던 사람들은 모두 사망자가 되었다. 비행기가 공중에서 폭파한 원인도 찾지 못했고 이렇다, 저렇다 소문만 무성했던 모양이다.

파일럿, 그 남자는 그 뒤 스스로 목숨을 끊으려고 했다고 한다. 하지만 겨우 목숨은 구했다고 했다. 그런데 불행하게도 비행기 사고의 충격으로 인한 후유증인지 아니면 자살로 인한 후유증인지 기억에 문제가 생겼다고 했다.

"야, 효미야. 혹시 네 꿈이 승무원은 아니지? 그런 거 하지 마라."

기형이가 말했다.

"너, 나 약 올리냐? 내 성적으로는 죽었다 깨어나도 승무원 못 되거든."

효미가 기형이에게 눈을 하얗게 흘겼다.

돌아오는 길에 나와 기형이, 효미는 같은 차를 탔다. 뒷좌석에 셋이 탔는데 기형이가 중간에 앉았다. 말이 중간이지 기형이 엉덩이는 효미 쪽으로 훨씬 더 가까이 다가가 있었다. 그리고 차가 오른쪽으로 움직여도 기형이 몸은 왼쪽 효미 쪽으로 쓰러졌다.

차가 고속도로로 접어들자 졸음이 쏟아졌다. 나는 차창에 머리를 기대고 눈을 감았다. 차 안의 강한 에어컨 바람 때문인지 머리에 내리쬐는 햇볕이 따뜻하게 느껴졌다.

끝없는 평야를 말을 타고 거리낌 없이 달렸다. 바람을 가르고 속력을 내기 시작했다. 비켜라, 비켜라, 다 비켜라. 나는 공중을 향해 채찍을 내둘렀다. 말발굽 소리가 빨라지고 내 심장은 터질 듯 뛰었다. 말은 마치 날개라도 달린 것처럼 날아오르기 시작했다. 아악! 비켜! 비키라고! 거대한 비행기가 앞을 가로막았다.

쿵! 비행기와 정면충돌!

"얼씨구."

뭔가 내 등짝을 후려쳤다. 기형이 손이었다.

"그렇게 박아서 머리가 깨지냐? 제대로 박아야지."

기형이가 내 머리를 잡더니 앞 의자에 마구 밀었다. 창가에 기대고 잠들었는데 잠결에 앞 의자를 박은 모양이었다. 정신을 차리고 바로 앉았다. 그 순간 가슴이 덜컥 내려앉았다. 변호사가 말하던 그 파일럿, 그 남자의 이야기가 어딘지 낯설지 않게 느껴졌다. 에이, 설마, 하면서도 그 생각은 점점 더 강렬해졌다. 오촌 아저씨 때문에 정신이 없어 해리 미용실을 잠깐 잊고 있었다.

한밤중에 용식이 형이

가게에 경찰관이 와 있었다. 오촌 아저씨와 떡집 아저씨를 비롯해 몇몇 사람들이 경찰관과 이야기를 나누고 있었다.

"응, 태산이 오는구나?"

떡집 아저씨가 나를 발견하고 손을 번쩍 들었다.

"너무 놀라지는 마라. 아주 큰일은 아니고."

경찰관이 수첩을 넘기며 사무적으로 말했다. 무슨 일로 우리 가게에 경찰관이 와 있을까. 가슴이 사정없이 방망이질치기 시작했다. 무슨 일이지? 무슨 일이야? 나는 나에게 닥칠 불행이 더 남아 있는지 그것부터 생각했다. 그래, 없다. 아빠가 내 곁을 떠났는데 그보다 더한 불행이 또 있을까? 남아 있는 불행이 또 있을까. 태산아, 겁먹지 마. 나는 달달 떨리는 손에 힘을 꽉 주었다.

경찰관의 말은 이랬다. 어젯밤 가게 문을 닫고 집으로 돌아가던 용식이 형이 큰길로 나가는 입구에서 누군가에게 머리를 맞았다고 했다. 용식이 형이 쓰러진 옆에는 쇠파이프가 놓여 있었는데 치명적인 둔기를 사용했음에도 다행히 용식이 형은 많이 다치지 않았다고 했다. 혹시 의심이 가는 사람이 있느냐, 평소에 용식이 형을 자주 찾아왔던 사람은 없느냐, 경찰관은 꼬치꼬치 물었다. 어제 물건 판 돈이 용식이 형 주머니에 고스란히 있는 것으로 보아 원한에 의한 범행으로 본다고 했다.

다른 사람은 몰라도 용식이 형은 원한을 살 만한 위인이 못 된다. 언제나 싱글벙글 웃고 다니며 자신의 입에 들어가는 것보다 남의 입에 넣어주는 것이 더 많은 사람이다. 용식이 형이 때밀이 시절, 돈을 받지 않고 지극정성으로 때를 밀어준 사람이 몇인가. 고맙다는 말이나 칭찬을 바라지 않고 진심에서 우러나와 한 선행이었다.

경찰관은 몇 가지 더 묻고 다시 연락한다며 돌아갔다.

정신이 하나도 없었다. 어떻게 이런 일이 일어날 수 있는지 믿기지 않았다.

경찰관이 가고 나서도 한참이 지나서야 나는 용식이 형이 지금 어디에 있는지, 얼마나 다쳤는지 그 생각이 났다.

"용식이 형, 어느 병원에 있어요?"

아무래도 병원부터 가봐야 할 것 같은 생각에 떡집 아저씨에게 물었다.

"이렇게 험한 일이 일어날 수는 없다. 태산이 너, 정신 똑바로 차려라."

떡집 아저씨는 대답 대신 이렇게 말했다. 그러니까 떡집 아저씨 말은 용식이 형이 한밤중에 기습을 당한 일이 나와 연관이 있다는 말이었다. 어떤 증거로 그런 말을 하는지는 몰라도 말을 하는 떡집 아저씨 표정은 섬뜩할 정도로 진지했다.

"그렇지. 정신 똑바로 차려야지. 멀쩡한 남의 재산 넘보는 인간이 긴 혀를 날름거리고 있는데 까딱 잘못하다가는 평생 모은 재산 순간식에 날아가지."

오촌 아저씨가 질세라 말했다.

"뭐 눈에는 뭐밖에 안 보인다고 했지."

떡집 아저씨가 아랫입술을 질끈 깨물었다.

"법대로 하자니까. 핏줄이 후견인 되는 게 옳겠어, 생판 남이 후견인 되는 게 낫겠어."

지금 용식이 형이 다쳤다는데 쇠파이프로 머리를 맞아 병원에 있다는데 이 어른들이 대체 왜 이러는지 모르겠다. 쇠파이프로 맞았다면 까딱 잘못했으면 죽었을 수도 있는데 용식이 형 걱정은 하지 않고 왜들 이러는지 모르겠다.

"솔직히 말해봐. 당신이 연관 있는 거 아니야?"

몇 번 거친 말들이 오간 끝에 떡집 아저씨가 말했다.

"뭔 소리야?"

"이 가게를 꿰차고 앉아 어떻게 하고 싶어도 용식이 때문에 그러질 못하니까 당신이 그런 거 아니냐고?"

떡집 아저씨는 예전의 떡집 아저씨가 아니었다. 목에 핏대를 세우고 눈을 부라린 모습이 딴 사람 같았다.

오촌 아저씨도 가만있지 않았다. 멀쩡한 사람 범인으로 모는 것은 오갈 데 없는 무고죄이니 같이 경찰서로 가자고 했다. 그리고 누가 시커먼 속을 갖고 있는지 오늘 제대로 따져보자고 했다. 오촌 아저씨가 고래고래 소리치는 소리에 떡집 아줌마가 쫓아왔다. 인절미를 썰다 왔는지 철판으로 된 떡칼을 든 채였다.

"오오라, 한번 제대로 해보시겠다?"

오촌 아저씨가 떡집 아줌마가 들고 있는 떡칼을 보고 코웃음을 쳤다.

"이놈의 인간. 생전 얼굴도 안 보고 살다가 어린아이만 남았다고 하니까 재산에 눈이 어두워 달라붙는 천하에 몹쓸 인간."

떡집 아줌마가 떡칼을 높이 쳐들었다. 아차! 저건 아니지 싶어 내가 중간에 끼어들었다. 배를 앞으로 있는 대로 튕기며 한번 찌를 테면 찔러봐, 이런 포즈를 취하던 오촌 아저씨가 나를 힘껏 밀쳤다.

"태산아, 너, 양의 탈을 쓴 이리한테 속지 마라. 피 한 방울도 섞이지 않은 사람들이 왜 너한테 잘해준다고 생각하니? 다 돈 때문이지, 돈."

이러면서 오촌 아저씨는 떡집 아줌마에게 눈을 부라렸다.

떡집 아저씨가 분을 참지 못하고 책상을 치자 오촌 아저씨는 질세라 의자를 집어던졌다. 아빠가 매일 앉았던 낡은 의자는 저만큼 나가떨어지며 다리 한 짝이 부러졌다. 아빠 손때가 반질거리는, 내가 유치원 다닐 때부터 아빠가 앉던 의자였다. 저 의자에 앉아 아빠는 내 등을 어루만졌고, 저 의자에 앉아 아빠는 내 시험지에 도장을 찍어줬었다.

"우리 태산이 이번에는 10점이나 점수가 올랐네" 이러면서.

"아빠."

나는 의자를 향해 달려가며 아빠를 불렀다. 그리고 부러진 의자 다리를 붙잡고 울음을 터뜨렸다.

"아빠. 나도 데리고 가지 왜 혼자 갔어. 나 혼자 어떻게 살라고 혼자 갔느냐고?"

나는 의자 다리를 품에 안았다. 아빠 냄새가 나는 것 같았다.

정말 아빠가 없구나! 정말 아빠는 내 곁을 떠난 거구나! 이제야 실감이 나기 시작했다. 아빠가 간 곳은 돌아오지 못할 곳이라는 것, 다시는 아빠를 만날 수 없다는 것.

아빠가 내 곁을 떠난 지 한 달. 그동안 불현듯 아빠의 빈자리를 느끼고 아빠가 내 곁을 떠났다는 걸 인정하면서도 언젠가는 다시 만날 수 있을 거라고, 설마 아빠가 내 곁을 영영 떠났으려고? 이러면서 말도 안 되는 기대를 하고 있었다. 그런데 알겠다. 정말 아빠는 다시는 내 옆에 오지 않는다는 걸.

"태산아."

떡집 아저씨가 내 등을 쓰다듬었다.

"비키라고요!"

나는 두 주먹을 불끈 쥐고 일어났다.

"이 건물이, 장사 쌀집이 탐나면 둘이 나눠 가지세요. 나는 필요 없으니까 둘이 나눠 가지라고요."

나는 소리쳤다. 목구멍을 타고 고무 냄새가 넘어왔다. 지글지글 타는 냄새였다.

"태산아. 무슨 말을 그렇게 해? 그런 게 아니야."

떡집 아줌마가 덩달아 소리쳤다.

"애도 뭘 아니까 그렇게 말하는 거지 괜히 그런 말을 하겠어? 당신들이 음흉한 생각을 갖고 있는 거 태산이도 다 알고 있는 거라고."

오촌 아저씨가 이때다 싶었는지 끼어들었다.

"나는 아는 거 없어요."

나는 오촌 아저씨를 노려봤다.

"내가 아는 거는 이 장사 쌀집은 우리 아빠 거라는 거예요. 우리 아빠가 날마다 아침 문을 열고 온종일 있던 곳이요. 아빠가 웃고 아빠가 땀 흘리던 곳이라는 것이요. 그리고 아빠가 없다고 해도 영원히 우리 아빠의 장사 쌀집이라는 거밖에 몰라요. 나는 이것밖에 모르는데 내가 아는 게 틀리다면 떡집 아저씨랑 오촌 아저씨 마음대로 하라고요. 아빠가 죽었으니까 이제 아빠 쌀집이 아니라면 정말 그런 거라면 둘이 알아서 나눠 가지라고요."

나는 가게에서 뛰쳐나왔다.

갈 곳이 없었다. 울며 돌아다니다 기껏 간 곳이 떡집 옥상이었다. 옥상에 올라가서 평상 다리를 잡고 또 울었다. 그러고 보니 이 평상도 아빠와 떡집 아저씨 둘이 만든 것이다. 내가 초등학교 3학년 어느 여름날이었다. 떡집 아저씨는 나무를 잡고 있고 아빠가 못질을 했다. 그렇게 평상이 만들어진 첫날 기념으로 삼겹살을 배터지게 구워 먹은 기억이 났다.

이렇게 곳곳에 아빠 기억인데 아빠가 없다니. 어떻게 이런 일이 있을 수가 있을까.

실컷 울고 난 후 평상에 누워 별을 바라봤다. 사람은 죽으면 별이 된다는데 아빠도 별이 되었을까? 어느 별일까? 저렇게 넓은 하늘, 저렇게 많은 별 중에서 아빠가 어디에 있는지 어떻게 안담. 알아야 나중에 찾아가든지 말든지 하지.

웅웅거리는 소리에 눈을 떴다. 온몸이 축축했다. 평상에 누워 있다 잠이 든 모양이었다. 새벽 네 시. 부재중 전화가 이십 통이나 와 있었다. 문자에 카톡도 줄사탕처럼 와 있었다. 기형이었다. 이 새끼는 잠도 안 자고 전화질에 문자질이냐고 다른 때 같으면 욕부터 해댔을 거다. 그런데 지금은 기형이의 전화와 문자가 눈물 나게 반갑고 고마웠다. 삐죽삐죽 삐져나오는 눈물을 손등으로 훔치는데 또 전화가 왔다.

"태산아, 너 지금 어디야?"

전화를 받자마자 기형이가 소리쳤다. 기차 화통을 삶아먹은 것 같은 목소리에 고막이 터져나갈 것 같았지만 그것도 고마웠다.

기형이는 집에 가서 늦게 들어온 아빠한테 용식이 형 소식을 들었다고 했다. 놀라서 나에게 전화를 걸었는데 받지 않아 늦은 밤 우리 가게로 갔다고 했다. 거기에서 내가 뛰쳐나간 걸 알게 되었고 그때부터 전화를 해댔다고 했다.

"괜찮나?"

기형이가 물었다.

"그럼 괜찮지."

애써 태연하게 대답했다.

기형이는 왜 가게에서 뛰쳐나갔느냐고 이유는 묻지 않았다. 이유를 묻는 대신 바로 떡집 옥상으로 달려왔다.

이러면 안 되는데, 이러면 정말 쪽팔리는 건데, 옥상 문으로 기형이가 들어오는 순간 나는 달려가 기형이를 덥석 안았다. 아니, 안겼다는 표현이 더 맞을 거다. 기형이는 나를 안고 내 등을 토닥여주었다. 기형이 품이 따뜻했다. 정말 쪽팔리게 나는 기형이에게 안겨 울었다. 소리를 내지는 않았지만 한참 동안 울었다. 기형이가 그걸 알아차렸는지 어쨌는지는 모르겠다. 기형이가 아무 말도 하지 않았으니까.

기형이와 평상에 나란히 앉아 별이 지는 걸 바라봤다. 날이 밝아오고 있었다.

"그리워하면 언젠간 만나게 되는~~ 어느 영화와 같은 일들이 이뤄져가기를~."

기형이가 효미가 부르던 노래를 불렀다. 그러면서 이 노래 좋다고 난리 블루스다.

"뻥치지 마라 새끼야. 그리워한다고 다 만나게 되냐?"

나는 일부러 목소리를 높여 말했다.

"간절히 원하면 이루어지는 거다, 인마."

기형이도 질세라 목소리를 높였다. 목소리를 높일 말들이 아닌데도 나와 기형이는 그러고 있었다.

"아무리 그리워해도 못 만나는 사람 있다."

내가 먼저 목소리를 낮췄다.

"무식한 놈. 꼭 만나서 이렇게 손을 잡고 마주 봐야 만나는 거냐? 너, 알퐁스 도데의 「별」 알지? 목장의 주인 도련님하고 하녀하고의 이야기가 아름다운 이유가 뭔지 아냐? 둘이 결혼을 하고 같이 살았으면 그렇게 아름다웠겠냐? 아니다. 둘은 몸은 떨어져 있어도 영혼이 같이 있기 때문에 아름다운 거고 영원한 사랑이 될 수 있었던 거다. 잊지 않고 계속 그리워하면 시시때때로 만날 수 있다. 영혼이 말이다."

"아, 새끼. 목동하고 주인 아가씨라니까. 무식한 놈. 이런 새끼를 친구라고 믿고 사는 내가 한심하지. 에라, 이 새끼야."

나는 아랫입술을 꼭 깨물고 눈물을 참으며 기형이에게 욕을 해댔다.

봉투

쉬파이프에 머리를 맞은 용식이 형은 닷새 만에 퇴원했다. 약간의 찰과상을 입었을 뿐 검사를 해도 별다른 이상이 없었다. 기적인지 아니면 용식이 형 머리가 천하무적인지 알 수 없었다.

나는 용식이 형이 퇴원을 했다는 말을 들었을 때 다시 우리 가게에 올 거라고 기대하고 있었다. 하지만 용식이 형은 오지 않았다. 용식이 형에게는 머리에 대한 트라우마가 있었다. 목욕탕 때밀이도 목욕탕에서 넘어지며 머리를 부딪쳐 그만두었었다. 기형이와 나는 용식이 형을 만나 통사정을 해봤지만 소용없었다. 언제나 내 편이고 든든했던 용식이 형은 그렇게 내 곁을 떠났다.

"그것 봐라. 아무리 잘해주고 금방 간이라도 빼줄 것처럼 행동하다가도 언제 그랬냐는 듯 돌아서는 게 남이다. 핏줄이 최고지."

오촌 아저씨가 기세등등해졌다.

개학이 다가오고 있었다. 용식이 형이 가게를 그만두고 기형이와 내가 한시도 가게를 떠나지 않고 장사를 했다. 하지만 개학을 하고 나면 어떻게 해야 할지.

오촌 아저씨는 내색은 하지 않지만 아주 신이 난 얼굴이었다. 볼에 살이 폴폴 오르는 것만 봐도 속이 어떤지 알 수 있었다. 이제 개학을 하게 되면 꼼짝없이 오촌 아저씨에게 가게 일을 맡겨야 할 판이었다.

떡집 아저씨는 가끔 들여다보기는 했지만 예전만큼은 아니었다. 엊그제 마트에 가다 떡집 아줌마를 만났는데 아줌마가 그랬다.

"태산아. 네가 오해를 한 모양인데 아저씨하고 아줌마는 장사 쌀집 건물에 아무 욕심 없다. 우리 부부 먹고 살 거 충분히 있는데 왜 그런 거에 욕심을 부리겠니? 우리는 말이다. 네가 물려받은 재산이 아무것도 없다고 해도 지금 마음과 다르지 않다. 아저씨랑 얘기했는데 그저 옆에서 지켜보고 정 어렵다 싶으면 도와주자, 이런 결론을 내렸단다. 그러니까 힘든 일 생기면 얘기해."

이렇게.

사람 마음이라는 것은 참 이상했다. 떡집 아줌마에게 그 말을 듣는 순간 꼭 버림을 받은 그런 기분이 들었다.

예전같이 떡집 아저씨, 아줌마와 지내는 사이였다면 용식이 형과 같은 착한 점원을 한 명 구해달라고 부탁했을 텐데.

선생님. 저 학교를 그만두고 싶습니다.

담임에게 이런 문자를 보냈다가 스무 통이 넘는 줄문자를 받았다. 장사를 해야 한다는 내 말에 담임은 차라리 자기가 쌀집을 본다고 했다.

용식이 형도 없고 떡집 아저씨의 발걸음도 뜸해지자 오촌 아저씨는 꼭 자기가 장사 쌀집 주인처럼 행세했다. 단골이 아닌 손님들이 오면 자기가 주인이라고 말했다. 그러면서 돈을 날름 챙기기도 했다. 나는 그 돈을 차마 달라는 소리를 하지 못했다.

점심으로 라면을 끓여 먹을 때였다. 길 건너 부동산 사장이 우리 가게를 기웃거렸다. 웬 남자와 함께였다.

"니네 아저씨는 안 계시냐?"

부동산 사장은 오촌 아저씨를 찾았다.

"똥 누러 갔는데요."

기형이가 대신 대답했다. 사실 오촌 아저씨는 똥 누러 간 게 아니라 어제 저녁부터 소화가 잘 되지 않는다며 병원에 갔다.

"그래? 그럼 일단 가게 좀 보자. 들어가서 보시지요."

부동산 사장이 남자에게 말했다. 그러자 남자는 가게로 들어와 구석구석 살피고 다녔다. 물어보지도 않고 안채 문도 벌컥 열고 들어갔다.

"이 자리는 뭘 해도 되는 자리예요. 사실 쌀집 같은 게 있기에는 아까운 자리지요. 요즘은 마트에서 쌀을 사는 사람들이 대부분인데 쌀집이 버티고 있을 필요가 없지요."

부동산 사장이 남자 뒤를 졸졸 따라다니며 말했다.

"무슨 일이에요?"

기형이가 물었다.

"가게 내놨잖니. 마침 보겠다는 손님이 있어서 모시고 왔다."

부동산 사장은 요즘은 불경기라 이런 작은 건물도 보겠다는 사람이 없는데 운이 좋게도 가게가 딸린 집을 찾는 사람이 나타났다고 열나게 설명했다.

"괜찮은데요. 쌀집을 닫고 분식집 같은 거를 해도 괜찮은 자리겠어요."

안채까지 훑어본 남자가 나오며 말했다.

"그럼요. 그 돈으로 이런 건물 찾기 힘들지요."

부동산 사장은 얼굴 가득 웃음꽃을 피우며 허리를 굽신거렸다.

"음, 계약을 하고 싶은데."

남자가 말했다.

"예. 그런데 이 건물이 법적인 절차 문제가 있어서 시간은 약간 걸립니다. 아까 말씀드렸다시피 여기 주인이 갑자기 사고를 당하는 바람에…… 일단 사무실로 가시지요."

부동산 사장이 남자를 데리고 나갔다.

너무나 갑작스럽고 황당한 일이라 나는 젓가락을 입에 문 채 부동산 사장과 남자가 하는 모양을 지켜봤다.

"여기 팔려고?"

기형이가 눈이 동그래져서 물었다.

"아니."

"그럼 저 사람들은 뭔데?"

"그러게."

기형이와 나는 마주 봤다. 사태를 알아차리는 데는 그렇게 긴 시간이 필요하지 않았다. 오촌 아저씨가 이 집을, 장사 쌀집을 부동산에 팔겠다고 내놓은 것이다. 자기 마음대로 덜컥 내놓은 것이다.

"완전 날강도네."

기형이가 퉁퉁 불어터진 라면 발을 신경질적으로 휘휘 저었다.

"그래도 태산이 네가 싫다고 하면 팔 수 없는 거지?"

기형이 얼굴에 걱정이 가득했다. 물론 그렇다. 내가 안 판다고 하면 누가 온다고 해도 살 수 없다. 하지만 점점 자신이 없어진다. 오촌 아저씨가 죽으라고 매달려 후견인이 된다고 하면, 장사 쌀집을 팔자고 하면, 그럴 수밖에 없을 것 같다.

"내가 볼 때 만약 여길 팔아서 돈을 받으면 오촌인지 육촌인지 하는 그 아저씨가 한 입에 날름 먹고 말 거 같다. 너를 버리고 뒤도 안 돌아보고 갈 사람이지."

기형이는 절대 그런 일은 만들지 말아야 한다며 목청을 높였다. 자기 아빠한테 부탁해서라도 막겠다고 했다. 왕년에 국가대표 권투 선수가 지금 이 일을 해결하는 데 어떤 도움을 줄지는 모르지만 그래도 마음 한쪽이 든든해지기는 했다.

병원에 갔던 오촌 아저씨가 돌아왔다.

"가게 좀 잘 보고 있으세요. 근무 중에 마음대로 돌아다니지 말고요."

오촌 아저씨가 가게에 들어서자 기형이가 주인 행세를 했다.

"태산이하고 저는 도배지랑 장판 좀 사올게요."

이건 또 무슨 말이람. 자다가 봉창 뜯는 소리도 아니고 라면 먹다 도배지는 뭐고 장판은 또 뭐람.

"내일모레가 개학이잖아요. 그래서 그 전에 집 단장을 좀 하려고요. 일단 태산이 방부터 도배지를 바꾸고 장판도 바꿔야겠어요. 왜냐하면 태산이는 늙어 죽을 때까지 여기에서 장사 쌀집을 해야 하거든요. 집은 아주 낡기 전에 손보며 살아야 한다고 우리 아빠가 그러셨어요. 가자, 태산아."

기형이가 손을 잡아끌었다.

"너, 마음 단단히 먹어라. 저 오촌인지 육촌인지가 자꾸 귀찮게 군다고 나는 몰라요, 다 잡수세요, 이러지 말란 말이야. 지난번에도 내가 말했잖냐. 돈은 중요하다고. 멀리 볼 것도 없이 우리 누나를 보라고 했잖아. 특히 너는 엄마도 아빠도 없어. 네 앞길은 네가 알아서 가야 해. 이렇게 말해서 미안하지만 이게 현실이야. 저 아저씨가 돈 다 가져가면 어떻게 할래? 고등학교는 어떻게 갈 거고 대학교는 어떻게 갈 거야?"

나는 거의 기형이에게 끌려가다시피 큰길을 건넜다. 기형이는 도배 가게로 바로 가지 않고 부동산으로 갔다. 부동산 문을 벌컥 연 기형이는 장사 쌀집은 절대 팔지 않을 거라며 장사 쌀집의 진짜 주인은 여기 있는 강태산이라고 말했다. 그러면서 우리는 지금 방의 도배와 장판을 바꾸기 위해 도배지를 사러 간다고 했다. 손님 여러 명과 이야기를 나누다 아닌 밤중에 홍두깨 식으로 기형이의 침범을 받은 부동산 사장은 누가 뭐랬냐며 누가 강태산이 주인이 아니라고 그랬냐며 호통을 쳤다.

"그러니까 팔지 말라고요."

기형이는 부동산 문이 부서져라 쾅 닫았다.

나는 거대한 몸집을 흔들며 앞장서서 걷는 기형이 뒤를 따라가며 기형이가 없었으면 어떻게 했을까 생각이 들며 새삼 기형이가 고마웠다. 그래, 내가 나중에 이 고마움 다 갚으마. 나는 기형이 뒤통수에 대고 진심으로 중얼거렸다.

"꽃무늬가 좋겠지? 밝고 좋잖아?"

기형이는 흰색 바탕에 분홍색 꽃잎이 너풀거리는 도배지를 골랐다. 꽃무늬 쫄티를 입은 효미를 좋아하더니 취향도 독특해졌다. 꽃이 출렁이는 방에서 정신없어서 잠이 오겠냐.

기형이는 꽃무늬 도배지를 끝까지 고집했다. 싫었지만 기형이에 대한 고마움도 있고 해서 하는 수 없이 져주고 말았다. 장판은 강아지 그림이 있는 푹신푹신한 모노륨이었다. 물론 기형이가 골랐다. 보는 눈이라고는 지지리도 낮은 놈.

바닥에서는 강아지가 뛰어다니고 벽과 천장에서는 꽃이 흐드러지게 피고 곤한 잠 자기는 다 틀렸다. 아, 생각만 해도 심란하다.

도배지와 장판은 배달해준다고 했다. 도배장판을 전문으로 하는 사람을 보내줄까 묻는 가게주인 말에 기형이는 알아서 한다고 했다.

"누가 할 건데?"

돌아오는 길에 기형이에게 물었다.

"뭐, 도배장판? 걱정 마라. 이 형님이 할 거니까. '손으로 말해요' 캠프에 다녀와서 가만히 생각해봤거든. 내가 잘하는 거는 대체 뭘까? 아무리 생각해도 먹는 거 외에는 없더라고."

알긴 아는구나.

"그런데 문득 그 기억이 떠오르더라고. 작년에 우리 집에 도배 장판을 다 새로 했거든. 사람을 사서 하려니까 너무 비싸게 달라고 해서 식구끼리 했는데 그때 내가 거의 다 했어. 아빠 엄마도 쩔쩔 매는 도배지 바르는 일이 나는 별로 어렵지 않더라고. 칭찬이라면 돈 아끼는 스크루지 영감보다 더 아끼는 우리 아빠가 그날 나한테 폭풍 칭찬을 했다. 나는 앞으로 그쪽으로 나가야 할 거 같다."

기형이는 그저 한 말이 아니었다. 도배지를 크기에 맞게 자르고 풀칠을 해서 바르는 폼이 전문가가 울고 갈 정도였다. 단 두 시간 만에 내 방은 분홍색 꽃밭으로 변신했다. 기형이는 어째, 꽃향기가 좀 나는 거 같지 않냐, 어떠냐, 도배지 기막히게 골랐지, 해가며 자화자찬에 침이 튀기는데 솔직히 이 도배지를 하지 않겠다고 끝까지 고집 부리지 않은 게 후회되어 죽겠다.

오촌 아저씨가 서너 번을 들여다보고 갔다. 완전히 뭐 씹은 표정이었다.

벽과 천장에 꽃이 흐드러지게 피었으니 강아지가 뛰어노는 마당을 만들 차례였다. 기형이는 일단 줄자를 들고 방 치수를 잰 다음 강아지 장판을 방 크기에 맞게 잘랐다. 저렇게 진지하게 일에 몰두하는 기형이 모습은 처음이었다. 공부를 저렇게 했으면 분명 전교 일등감인데. 사람이란 해야 할 일이 따로 있다는 걸 기형이를 통해 다시 깨닫게 되는 순간이었다.

오촌 아저씨가 또 들여다봤다. 무지하게 화난 표정이었다.

"니네들 길 건너 부동산에 다녀왔다면서?"

오촌 아저씨는 다짜고짜 들고 있던 부채를 집어던졌다. 암만 그래봤자 소용없다는 둥, 이제 열여섯 살짜리가 뭘 믿고 저러는지 모르겠다는 둥, 이래 봤자 좋을 거 없다는 둥, 협박성이 담긴 말을 해댔다. 그 말을 듣는데 내가 잘 이겨낼 수 있을까, 또 자신이 없어졌다.

"자, 장판 걷어내자."

기형이가 나가는 오촌 아저씨 뒤통수에 대고 눈을 흘기며 말했다. 오래되어 낡은 장판지를 걷어내는데 곰팡이 냄새가 물씬 풍겼다.

"어? 잠깐. 이게 뭐지?"

기형이가 장판을 걷어낸 자리에서 봉투 하나를 집어 들었다. 낡은 장판과는 비교되는 비교적 깨끗한 편지봉투였다.

사진첩

같이 보겠다는 기형이를 방에서 내몰았다. 나는 아빠의 유서라고 믿었고 나 혼자 보고 싶었다. 기형이는 배신감이 느껴진다는 둥 구시렁거리며 방에서 나갔지만 내 마음을 이해하는 눈치였다.

떡집 아저씨가 말했던 유서. 아빠가 써놓았을지도 모른다는 유서. 나는 틀림없이 그 유서일 거라고 철석같이 믿었다. 하지만 봉투에서 나온 것은 종이에 곱게 싸인 사진 한 장이었다.

어깨까지 찰랑거리는 생머리의 여자가 아기를 안고 있는 사진이었다. 봄인가 보다. 뒷배경에 개나리가 지천이다. 사람 전체를 잡고 찍은 사진이라 얼굴이 흐릿했다. 누구와 누구인지 한눈에 알아보기 힘들었다. 그러나 어디서 본 듯한 낯익은 얼굴이었다.

이 사진, 아빠는 왜 내 방 장판 밑에 이 사진을 넣어놨을까. 엄마가 넣어놨다고 하기에는 봉투가 깨끗했다. 왜 넣어놨을까. 그것도 곱게 싸서 내 방 장판 밑에.

다시 흰 종이에 사진을 싸려는 순간 사진 뒤에 적힌 글씨가 눈에 들어왔다.

'해리와 태산이.'

해리와 태산이, 나는 사진 뒤에 적힌 글씨를 눈으로 읽고 다시 입으로 읽었다. 해리와 태산이. 태산이는 난데? 두 번쯤 읽고 나서야 나는 태산이가 내 이름이라는 걸 인식했다. 해리라는 이름에 정신이 빠져서다. 해리, 낯설지 않은 이름. 그리고 해리 미용실.

나는 사진을 종이에 싸서 봉투에 넣고 안방으로 갔다. 해리 미용실 사진이 들어 있는 상자에 봉투를 넣었다.

기형이가 들어왔다.

"뭐라고 쓰여 있냐?"

기형이 얼굴에 긴장한 표정이 역력했다. 궁금증이나 호기심보다는 분명 그쪽에 가까웠다. 기형이가 손을 내밀었다. 좀 보자는 뜻이다.

"유서 아니다."

허탈했다. 떡집 아저씨 말대로 아빠의 유서였다면 지금처럼 어지러운 상황을 단숨에 정리할 수 있다. 오촌 아저씨를 오늘로 보따리 싸서 시골로 내려가게 할 수 있다. 내가 앞으로 어떻게 행동해야 할지 알 수 있다. 캄캄하기만 한 내 앞에 길을 밝히는 빛줄기가 될 수 있었다. 하지만 그런 기대가 한순간 다 무너졌다.

"그냥 아빠 사진."

나는 말이 나오는 대로 둘러댔다. 사실을 그대로 말할 수 없었다. 그러면 기형이 호기심과 오지랖이 발동할 거다. 그렇지 않아도 심란한데 기형이한테 달달 볶이고 싶지 않다.

장판을 깔면서 정신은 계속 사진에 가 있었다. 사진 속 여자는 해리이고 여자가 안고 있는 아기는 나다. 내가 왜 해리라는 여자 품에 안겨 있을까.

"야, 정신을 어디다 놓고 있냐? 장판을 그쪽으로 더 당겨야 하잖아? 아, 진짜, 저 새끼는 뭐 하나 제대로 하는 게 없어요."

기형이가 신경질을 부렸다.

"그럼 너 혼자 다 해."

들고 있던 장판 끝을 놔 버리고 밖으로 나와 버렸다. 지금 장판이 문제가 아니다. 나와 해리라는 여자는 어떤 관계일까.

점점 미궁으로 빠져드는 사건 같다. 생각에 생각을 거듭할수록 머릿속은 더 엉킨 실타래처럼 엉망진창으로 헝클어졌다. 나는 실타래에서 처음 시작되는 부분을 찾아냈다. 처음부터 시작해보자.

나, 해리라는 여자, 아빠. 세 명은 어떠한 관계든 엮인 사이다.

그리고 부산에 있는 해리 미용실 주인 남자도 그렇다.

나, 해리라는 여자, 아빠, 미용실 주인 남자.

"우리 배고픈데 짜장면 시켜 먹을까?"

장판을 다 깔았는지 기형이가 싱글벙글 웃으며 다가왔다. 겨우 찾아낸 실타래의 끝 부분이 다시 엉켰다.

"완전 예술이다, 예술."

장판과 도배가 제 마음에 쏙 든 눈치다.

"그런데 큰일 났다."

짜장면을 시키고 난 기형이가 한숨을 내쉬었다.

"내일이 개학인데 숙제라고 생긴 거는 단 하나도 하지 않았다. 하기는커녕 숙제가 뭔지도 모르겠다. 어제까지만 해도 그냥 몸으로 때우지 하고 맘 편히 먹었는데 약간은 걱정되네. 효미한테 숙제가 뭔지 물어볼까?"

하여간 엉큼하기는. 자기가 언제부터 숙제 걱정하고 살았다고. 공연히 효미한테 전화하고 싶으니까 엉뚱한 소리 하기는. 그리고 물어볼 사람한테 물어본다고 해야 설득력이나 있지. 효미나 너나 다를 게 뭐 있냐. 거의 도토리 키 재기지. 효미가 방학 숙제를 했으면 내가 기형이 네 아들이다.

기형이는 슬금슬금 내 눈치를 보며 효미에게 전화를 했다. 방학 숙제를 물어본다더니 엉뚱한 얘기로 꽃을 피웠다. 내가 지금 뭐

한 줄 아냐, 태산이 방에 도배장판 했다. 거의 신의 경지에 이른다고 볼 수 있지, 구경 올래? 와라, 짜장면 시켜놨으니까 같이 먹자.

기형이는 제멋대로 효미를 초청해놓고 걸레를 빨다 강아지 장판을 박박 문질러 닦았다. 나는 기형이가 하는 모양을 지켜보다 정신이 번쩍 들었다.

'그래!'

나는 벌떡 일어나 안방으로 갔다.

"왜 그래? 무슨 일 났냐?"

기형이가 쫓아왔다.

"너, 엎드려라."

"뭐?"

"엎드리라고. 여기에."

기형이는 영문을 몰라 하며 내가 가리키는 곳에 철퍼덕 엎드렸다.

"다리 세우고. 내가 네 등에 올라갈 수 있게."

나는 기형이 등에 올라가 선반 위에 놓인 사진첩을 모두 내렸다. 사진첩에서 뭔가 알아낼 수 있을지도 모른다.

아빠와 엄마가 결혼할 때 찍었다는 몇 십 년 된 낡은 흑백사진부터 아빠 엄마가 젊었을 때 찍은 사진도 몇 장 본 기억이 난다. 엄마는 자주 사진첩을 꺼내 들춰봤었다. 하지만 엄마가 세상을 떠난 후로는 사진첩을 까맣게 잊고 있었다. 아빠는 내가 엄마 사진을 보며 훌쩍거리는 걸 싫어했다. 어린 마음에도 아빠가 마음이 아파서 그런 거라고 생각했다. 나는 아빠 마음에 들려고 다시는 사진을 보지 않았다.

먼지가 뽀얗게 앉았을 거라고 상상했던 사진첩은 깨끗하고 단정한 모습이었다. 마치 누군가의 보살핌을 받는 소중한 보물처럼 말이다.

"자식. 아빠 생각이 나나보네."

기형이가 무릎을 툭툭 털며 일어나 밖으로 나갔다.

엄마가 자주 보던 사진첩 몇 개 외에 낯선 사진첩이 있었다. 단한 번도 본 적이 없는 엷은 베이지색 바탕에 보라색 도라지꽃이 그려진 사진첩은 다른 것보다 크기가 작았다.

맨 앞장은 아기 사진이었다. 한복을 입은 아기가 실타래를 움켜쥐고 활짝 웃고 있었다. 사진 옆에 기록란에는 '우리 아기 오래 살겠네.' 이렇게 적혀 있었다.

아기 사진이 몇 장 이어지고 유치원 원복을 입은 사진, 그리고 초등학교 운동회 사진, 소풍 사진이 이어졌다. 사진마다 기록이 되어 있었다. 우리 해리 유치원 입학식 날, 우리 해리 초등학교 들어가 처음 운동회, 우리 해리 넘어져서 다리에 깁스한 날, 우리 해리 생일잔치에 친구 초대……. 사진 속 해리는 나와 나이 차이가 많이 난다는, 어렸을 적 사고로 죽었다는 누나였다.

사진첩을 넘길수록 점점 커가는 해리 누나의 모습이 나타났다. 어렸을 적 사고를 당했다고 들었는데 사진은 중학생을 지나 고등학생까지 이어졌다. 그리고 긴 생머리로 변신한 어른 해리 누나가 사진첩 속에 있었다.

"아."

내 입에서 비명인지 탄식인지 모를 소리가 튀어나왔다. 어른 해리 누나의 사진은 엄마가 자주 보던 사진첩에서 본 적이 있다. 그리고…… 가슴이 쿵쾅거렸다. 나는 혹시 내 가슴이 터져나갈까 두려워 주먹으로 가슴을 꼭 눌렀다. 해리 미용실에서 봤던 사진. 학사모를 쓰고 활짝 웃던 그 얼굴. 낯설지 않다고 생각했었는데 바로 이 얼굴이었다.

사진첩의 마지막 장을 보는 순간 나는 얼음이 된 것처럼 움직일 수 없었다. 해리 누나와 해리 미용실 주인 남자가 나란히 서 있는 사진. 다정하게 팔짱을 끼고 웃고 있는 사진. 그리고 그 사진 옆에 해리 미용실 주인 남자 품에 안겨 두 팔을 번쩍 들고 웃는 건지 우는 건지 입을 벌리고 있는 아기. 희미하긴 하지만 '해리와 태산이' 사진에 등장한 그 아기가 틀림없었다.

나는 사진첩을 펼쳐들고 움직이지 못하고 그대로 있었다. 기형이가 들어와 짜장면 왔다고 끌고 나갈 때까지 그러고 있었다. 마구 어지럽혀진 퍼즐처럼 도무지 정리가 되지 않았다.

언제 왔는지 효미가 생글생글 웃으며 짜장면을 비비고 있었다.

"먹어."

효미가 잘 비빈 짜장면을 내 앞으로 밀었다. 나는 꾸역꾸역 짜장면을 입으로 밀어 넣었다.

"체한다. 천천히 먹어."

기형이가 내 뒤통수를 쳤다. 입에 들어갔던 짜장면이 튀어나왔다.

"왜 때려? 왜 때리냐고?"

나는 나무젓가락을 휘두르며 기형이에게 대들었다. 기형이가 뒤로 주춤 물러나며 어이없는 표정을 지었다.

"그래. 왜 먹는데 뒤통수는 날리니? 먹을 때는 똥개 새끼도 건드리지 않는 법이야. 기형이 네가 잘못했어."

효미가 내 편을 들고 나섰다. 그러자 가슴이 먹먹해지더니 눈물이 쏟아지기 시작했다.

"너 왜 울어? 뒤통수 때린 게 그렇게 아팠냐? 이상하다. 살살 쳤는데."

"살살 쳤는데 먹은 게 튀어나오냐, 인마."

나는 악을 썼다. 입 안에 있던 나머지 짜장면도 사정없이 튀어나와 더러는 기형이에게 날아가고 또 몇 가닥은 턱을 타고 흘렀다.

"에이, 그렇다고 우냐? 다 큰 새끼가."

기형이가 몸 둘 바를 몰라 했다.

효미가 울지 마, 하는데 나는 나도 모르게 효미에게 기대 엉엉 울었다. 그러자 효미가 팔을 내 어깨에 감쌌다. 나는 효미에게 안겼다. 나도 내가 왜 우는지 솔직히 알 수가 없었다. 기형이가 머리통 날린 것은 별거 아니었다. 아프지도 않았고 충격도 먹지 않았다.

"울지 마, 울지 마."

효미가 말했다.

울지 마, 울지 마, 어디서 듣던 말이다. 나는 3학년 어느 날의 일이 떠올랐다. 까마득하게 잊고 있었던 일이었다. 누군가에게 맞고 들어와서 아빠 품에 이렇게 안겨 울 때였다. 아빠는 울지 마, 울지 마, 이렇게 말했다. 그래도 내가 울음을 그치지 않자, 애들은 엄마 품에 안겨야 안심이 되는데, 엄마 품에서 커야 하는데, 아빠는 한숨을 쉬며 말했다. 그 말에 내가 괜히 아빠 마음을 아프게 했구나, 미안한 마음이 들어 눈물을 뚝 그쳤다. 그러면서 "엄마가 나이가 많으니까 할 수 없는 거지" 하고 말했다. 엄마가 병으로 세상을 떠났지만 나이가 많아 세상을 떠날 수밖에 없었다고 엄마의 죽음을 정당화시키려고 했던 것 같다. 말도 안 되는 소리지만 말이다. 그렇게 말해야 아빠 마음이 덜 아플 것 같았다. 어차피 사람은 한 번 태어나면 죽는 거고 그러니까 아빠가 미안해할 일이 아니라고 말하고 싶었던 거다. 내 말을 듣던 아빠는 "이왕 태어날 거 좀 더 일찍 나하고 엄마 밑에서 태어났으면 좀 좋아?" 이렇게 말하다 황급히 손으로 입을 막았었다. 그때는 그러려니 하고 그냥 지나쳤다. 그리고 잊었다. 그런데 몇 년이 지난 지금 또렷이 떠오른다.

"미안하다. 나는 네가 빨리 먹다 체할까봐 걱정이 돼서 그랬다."

기형이가 사과했다.

나는 서둘러 기형이와 효미를 돌려보냈다.

"금방 왔는데 벌써 가?"

효미는 섭섭한 눈치였지만 기형이는 효미와 함께 나가며 신이 난 눈치였다. 짜장면도 제대로 못 먹었는데 가는 길에 떡볶이 먹고 가자며, 새로 생긴 떡볶이 집이 있는데 고추장을 쓰지 않고 짜장을 쓴다며 효미를 꼬드겼다. 짜장면을 제대로 못 먹기는, 내가 남긴 거, 효미가 남긴 거까지 혼자 싹쓸이하고선.

네버엔딩 스토리

책가방을 챙기다 그만두었다. 밤새 생각했었다. 그 생각 끝으로 흩어졌던 퍼즐은 얼추 제자리를 찾아갔고 헝클어졌던 실타래는 정리되었다. 어젯밤 나는 담임한테 전화를 해서 변호사 휴대전화 번호를 알아냈다. 그리고 망설임 없이 변호사에게 문자를 보냈다.

지난번 캠프에서 만났던 학생이에요. 파일럿 미용사 말이에요. 그분 여자 친구 이름이 혹시 해리 아니었나요?

답은 금방 왔다. 그걸 네가 어떻게 아느냐는 놀라움의 문자였다. 나는 방 안에 어지럽게 흩어진 사진첩들을 한쪽에 가지런히 쌓았다. 그런 다음 책가방 속에 있는 책과 공책을 모조리 꺼내고 속옷 몇 개와 '해리와 태산이' 사진을 넣었다. 아빠가 왜 이 사진을 내 방, 장판 밑에 깔아놓았는지 조금은 알 것 같았다.

"오늘 쌀 들여오는 날이니까 돈 내놓고 학교 가라."

건넌방에서 기지개를 켜고 나오던 오촌 아저씨가 말했다.

"그러니까 다 나한테 맡겨놓으면 좀 좋아. 오늘부터는 너 학교 가니까 어차피 내가 다 알아서 해야겠지만. 어서 돈 내놓고 가."

나는 방으로 들어와 이불 밑에서 잡히는 대로 돈을 꺼내 움켜쥐었다.

"자, 돈 여기 있어요."

나는 오촌 아저씨 앞에 돈을 집어던졌다.

"이놈이 미쳤나?"

오촌 아저씨가 흩어지는 지폐를 쓸어 모았다.

나는 서울역으로 가는 지하철을 탔다. 기형이의 문자가 쏟아지기 시작했다.

왜 안 와? 만나서 학교 가는 거 아니야?

아, 진짜. 지각하겠네. 매일 만나던 거기다.

숙제 안 해서 쫄았냐? 걱정 마라, 효미도 안 했단다. 벌써 세 명인데 단체로 어떻게 하기야 하겠냐?

문자를 씹자 전화가 왔다. 받지 말까 하다가 받았다. 받지 않으면 기형이 성질에 오늘 하루 종일 펄펄 뛰며 온갖 상상을 다할 거다.

"나 오늘 학교 안 간다. 하지만 학교를 그만두는 거는 아니다. 어디 다녀올 거다. 며칠 걸리지만 꼭 온다. 꼭 와서 쌀집도 내가 할 거고 학교도 열심히 다닐 거다. 담임한테는 첫 번째 양파 껍질 벗겨내러 갔다고 전해줘라."

나는 내가 할 말만 하고 전화를 끊었다. 그리고 휴대전화를 꺼버렸다.

금방 출발하는 고속 열차를 탔다. 서울에서 부산까지 중간에 단 한 번도 쉬지 않고 바로 가는 기차였다.

평일인데도, 휴가철이 이미 지났는데도, 좌석은 꽉 찼다.

'저 사람들은 부산에 왜 가는 걸까?'

나는 의자 뒤로 삐죽이 나온 사람들의 뒤통수를 바라보며 수많은 상상을 했다. 그러다 창으로 내리쬐는 따뜻한 햇볕에 살짝 잠이 들었다.

무정차한 기차는 금세 부산에 도착했다. 나는 공연히 역 대합실을 서성거렸다. 떨리고 두렵고 설레고. 뭐라 설명할 수 없는 뒤죽박죽인 마음이었다. 오줌이 마렵지 않은데 화장실에 가서 소변기 앞에 한참 서 있었다. 대합실 안에 있는 도넛 가게 앞에서 얼쩡거리기도 하고 햄버거 가게에 가서 메뉴판을 몇 번이나 읽고 또 읽었다.

"가자."

그러고 돌아다니다 나는 내 자신에게 명령하듯 말했다.

광장으로 나와 택시를 탔다. 부산대학병원이요, 말해야 하는 걸 해리 미용실이요, 이렇게 말하고 말았다. 머릿속이 온통 해리 미용실로 꽉 찬 탓이다. 택시 기사가 해리 미용실이 그렇게 유명한 미용실이냐고, 그런데 내가 택시 경력 20년인데 왜 몰랐을까, 어쩌고저쩌고. 부산대학병원 앞에 도착할 때까지 혼자 말했다.

해리 미용실 문은 활짝 열려 있었다. 주인 남자가 다시 일을 시작했다는 증거다. 미용실 밖에서 안을 기웃거리는데 거대한 힘을 가진 무언가가 내 엉덩이를 가격했다.

"니, 오랜만이네?"

할머니였다. 할머니는 빈 쟁반을 들고 듬성듬성한 이를 드러내고 활짝 웃고 있었다. 정말 반가운 표정이 역력해서 나는 이 할머니가 나를 끌어안으면 어쩌나 걱정이 다 되었다.

주인 남자는 여자 손님의 머리를 자르고 있었다. 손님의 머리를 숙이게 하고 머리카락을 앞으로 쓸어내린 모습이 어디서 많이 본 것처럼 낯익었다. 그래, '손으로 말해요' 동호회 캠프에서 변호사가 하던 그 모습이다.

주인 남자는 가위 손잡이를 손가락 사이에 끼고 뱅그르르 돌리더니 날렵하게 머리를 치기 시작했다. 눈부신 솜씨였다. 가위는 단지 가위가 아니었다. 가위와 주인 남자, 그리고 머리카락은 하나였다.

주인 남자의 콧등에 땀이 송골송골 맺히고 머리카락은 마치 나비의 날갯짓처럼 팔랑거리며 바닥에 흩어졌다.

머리 모양 하나로 기형이의 인물을 몇 배는 업그레이드시켰던 변호사의 솜씨를 다시 보는 것 같았다. 머리를 다 자른 여자 손님이 거울을 보고 바로 앉는데 나는 그걸 확실히 느꼈다. 세상에 저렇게 못생긴 얼굴도 있구나 싶을 정도로 이목구비가 자유분방한 여자 손님에게서 세련미가 흘렀다. 그것은 머리 모양의 힘이었다. 일찍이 기형이에게서 본 그것이었다.

"이제 내년 추모제까지는 그럭저럭 살아가겠구나."

할머니가 중얼거렸다.

나는 머리를 깎으러 왔다고 했다. 서울부터 머리 깎으러 부산까지 오느냐고 말도 안 되는 소리 하지 말라며 또 무슨 꿍꿍이로 왔느냐, 할머니는 내 속내를 알아내려고 했다. 하지만 주인 남자는 아무 말도 하지 않고 의자에 앉으라는 눈빛만 보냈다.

내 머리 위에서 주인 남자의 손이 현란하게 움직였다. 손의 움직임에 따라 어깨가 들썩였다. 마치 탈춤을 추는 춤꾼 같았다.

거울 속에서 점점 변해가는 나를 보는 순간 감탄이 절로 나왔다. 내가 저렇게 잘생겼었나? 연예인도 아닌데 저렇게 잘생겨도 되는 거야? 나는 잠시 내 모습에 넋을 잃었다.

할머니는 염색을 했다. 흰머리가 성성해서 검은색으로 염색해야 다 감출 수 있을 것 같은데 굳이 옅은 갈색으로 해달라고 했다.

"내가 가을바람이 났는지 자꾸 마음이 설레고 갈색 머리가 하고 싶다 아이가."

할머니는 주인 남자에게 머리를 맡기고 쿡쿡 웃었다.

"아차. 내가 곰국에 불을 켰는지 껐는지 모르겠다."

염색을 끝내고 머리를 감던 할머니가 화들짝 놀라더니 부리나케 뛰어갔다. 음식은 골고루 열심히 해 먹는 할머니 같았다.

"약은 잘 드세요?"

할머니가 돌아간 후 나는 주인 남자에게 물었다. 주인 남자가 대답 대신 싱긋 웃었다. 주인 남자는 바닥에 떨어진 머리카락을 쓸었다. 한 올도 남기지 않고 싹싹 쓸었다. 바닥을 다 쓴 남자는 건조대에서 수건을 걷어 개키기 시작했다.

"저 여기서 며칠만 지내도 괜찮아요?"

나는 수건 개키는 것을 도우며 물었다. 엄마가 하던 방식대로, 주인 남자가 하는 방식대로 개켰다.

"왜?"

주인 남자가 물었다.

"그냥요."

그냥이라는 말이 튀어나왔다. 할 말이 있고, 확인할 게 있고, 함께 생각할 게 있고, 의논할 게 있고. 그 말들은 천천히 해도 될 것 같았다. 주인 남자는 묵묵히 수건만 개켰다. 허락을 한다는 뜻인지 안 된다는 뜻인지 주인 남자의 표정을 봐서는 알 수 없었다. 물론 허락을 하지 않는다고 해서 돌아갈 마음은 전혀 없었다.

"집. 에. 서. 걱. 정. 안. 해?"

한참 후에 주인 남자가 물었다.

"그럼요. 다 허락받고 왔는걸요."

"그. 래. 그. 럼."

나는 주인 남자를 도와 수건을 모두 개키고 걸레를 빨아 거울도 닦고 소파와 탁자도 닦았다.

"안. 해. 도. 돼."

주인 남자가 손사래를 치며 말렸다. 나는 내가 하고 싶어서 하는 일이니까 신경 쓰지 말라며 대걸레를 빨아 바닥까지 깨끗하게 훔쳤다.

해리 미용실에는 더는 손님이 오지 않았다. 손님 대신 햇살이 미용실 안까지 길게 들어왔고 낮게 틀어놓은 라디오 소리만 잔잔하게 흘렀다. 세 시가 넘어 주인 남자와 함께 늦은 점심으로 라면을 끓여 먹었다.

라면을 먹고 난 후 주인 남자는 소파에 앉아 꾸벅꾸벅 졸았다. 더는 야윌 수 없을 만큼 바짝 마른 얼굴에 덥수룩한 머리가 무거워 보였다.

"아저씨."

나는 주인 남자 팔을 흔들었다. 주인 남자가 깜짝 놀라 눈을 떴다.

"제가 아저씨 머리 깎아드리면 안 될까요?"

주인 남자의 눈이 거의 튀어나오기 일보 직전이다.

"미. 용. 기. 술. 배. 웠. 어?"

주인 남자가 손가락을 세워 이마를 덮은 앞머리를 뒤로 넘기며 물었다.

"아니요, 배운 적 없어요."

주인 남자가 나를 뚫어져라 바라봤다. 미용 기술을 배운 적도 없으면서 내 머리를 깎겠다고? 미용이 장난이냐? 아무것도 할 줄 모르는 놈이 감히 미용사 머리를 넘보다니, 장난해, 지금? 주인 남자의 표정은 복잡했지만 대충 간추려보면 그러는 것 같았다.

"배운 적은 없지만 제가 손재주 하나는 타고났거든요. 기술을 익히지 않아도 천부적인 소질 같은 거, 인정하죠? 제가 그래요."

생전 미용 가위라고는 잡아본 적도 없으면서 내가 왜 이러는지 나도 잘 모르겠지만 주인 남자의 덥수룩한 머리를 보는 순간 그러고 싶었다.

"천. 부. 적?"

"예. 천부적인 손재주요."

얼마를 생각에 잠겨 있던 주인 남자는 말없이 거울 앞 의자에 앉았다. 그러고는 눈짓으로 미용 가위를 가리켰다. 그 가위를 쓰라는 말이었다.

나는 주인 남자 머리에 분무기로 물을 뿌렸다.

"손님. 두려워하지 마시고 저를 믿으세요."

나는 가위 손잡이를 손가락 사이에서 돌리며 웃었다.

빗으로 머리를 빗어 내린 다음 앞머리부터 자르기 시작했다. 막상 가위가 머리카락에 닿는 순간 말도 못하게 긴장되었다. 앞머리의 오른쪽 부분이 싹둑 잘라져 나갔다. 아차! 한꺼번에 너무 많이 잘랐다. 왼쪽과 심하게 차이가 났다. 이번에는 왼쪽 머리를 잘랐다. 눈대중과 직접 가위가 닿는 것과는 달라도 너무 달랐다. 조금만 자르려고 했는데 싹둑, 뭉텅이로 잘려 나갔다. 오른쪽이 더 길다. 왼쪽에 맞춰 조금만 자르자. 이런 젠장. 정말, 정말 조금 잘랐는데 이번에는 오른쪽이 쑥 올라갔다.

주인 남자의 표정이 불안해졌다. 그러자 가슴이 덜컥 내려앉았다. 이러다 주인 남자를 영구로 만들고 마는 참사가 빚어지는 거는 아닌지.

앞머리는 잠깐 보류하기로 하고 뒷머리부터 자르기 시작했다.

뒷머리는 앞머리보다는 쉬웠다. 일단 주인 남자의 눈에 보이지 않으니 덜 부담되었고 부담이 없으니 손놀림도 편했고 그래서 그런지 자연스럽게 잘라졌다.

주인 남자는 뒤에도 눈이 달린 걸까. 아까보다 훨씬 안심하는 눈치였다.

"아저씨 있잖아요."

나는 부지런히 가위를 놀리며 말했다.

"그 노래 아세요? '그리워하면 언젠간 만나게 되는 그런 영화와 같은 일들이 이뤄져가기를' 이런 가사가 있는 노래요."

주인 남자가 거울 속으로 가만히 나를 바라봤다.

"저도 만나고 싶은 사람이 많아요. 많이 그립고요. 그래서 정말 그 노래처럼 그리워하는 사람들을 다 만났으면 좋겠다는 생각을 했는데요. 제 친구 중에 기형이라는 아이가 있어요. 아! 아저씨도 아시죠? 지난번에 저하고 같이 왔던 아이요. 기형이는 엉뚱한 말을 잘하는데 가끔 철학자와 같은 명언을 할 때도 있어요. 그런데 기형이가 그러더라고요. 꼭 몸이 같이 있어야 만나는 거는 아니라고요."

나는 말을 멈추고 숨을 크게 들이쉬었다. 말이 멈춰지자 가위질도 멈춰졌다. 나는 잠시 거울 속에 주인 남자를 마주 봤다. 그러다 다시 가위질을 시작했다.

"저는 기형이 말대로 하기로 했어요. 그리워하면 마음속에 늘 함께 있는 거거든요. 마음에서 만나는 거지요."

뒷머리가 예술이었다. 나는 앞머리를 다듬기 위해 손에 찬 땀을 닦고 가위를 다시 잡았다.

"뒷머리가 끝내줘요. 앞머리도 믿으시죠?"

나는 주인 남자를 보며 웃었다. 주인 남자가 머리를 이쪽저쪽으로 돌려보며 웃음으로 답했다.

죽은 모습을 확인하지 못했으니 죽었다고 인정할 수 없는 마음, 죽은 사람에 대한 죄책감, 그래서 십육 년이 지난 지금도 그 시간 속에서 여전히 살 수밖에 없는 그 마음을 알 거 같아요. 하지만 그걸 움켜잡고 있지 않아도 우리에겐 끝나지 않은 이야기가 있어요. 그 이야기는 다른 이야기를 만들어갈 거예요. 보세요. 아저씨와 거울 속에 나란히 보이는 강태산이요. 바로 아저씨의 끝나지 않은 이야기예요.

"아저씨."

나는 주인 남자의 앞머리를 가지런히 빗어 내리며 주인 남자를 불렀다.

"왜?"

대답이 빨리 나왔다. 걱정했던 것보다 머리가 잘 잘려지고 있어서일까.

"제가 아저씨 밑에서 기술 배울까요?"

내 말에 주인 남자가 웃었다.

"그런데 안타깝게도 그렇게는 하지 못해요. 왜냐하면 저는 장사 쌀집을 해야 하거든요. 남들은 쌀집 같은 장사는 점점 없어지는 추세라고 그 자리에 다른 가게를 차리면 좋겠다고 하지만 저는 꼭 장사 쌀집을 해야 해요. 아! 이러면 어때요? 아저씨가 장사 쌀집 옆에 해리 미용실을 개업하는 거예요. 꼭 부산에서 해리 미용실을 할 필요는 없잖아요. 좋은 생각이다. 그렇게 해요, 아저씨."

나는 말을 하며 소파 위에 던져놓은 내 가방을 바라봤다. 머리를 마저 깎고 나면 '해리와 태산이' 사진을 주인 남자에게 보여줄 작정이다.

"내가 이럴 줄 알았다, 새끼야."

천둥 벼락이 치는 소리가 들리나 싶더니 기형이가 미용실로 들어섰다.

"아주 가위를 드셨네, 드셨어. 왜, 너도 손으로 말해요 동호회 회원이 되고 싶냐?"

기형이는 기가 막히는지 헛웃음을 웃었다. 막 라디오에서 〈네버엔딩 스토리〉가 낮게 흘러나오고 있었다.

그리운 사람이 있다. 예고하지 못했던 이별로 아주 오랫동안 천천히, 그리고 아리게 그리워한 사람이다. 해일처럼 밀려들어 감당하지 못할 그리움은 아니었지만 나는 평생을 지니고 살아야 하는 잔병처럼 늘 그리움에 젖어 살았다.

중학교부터 고등학교까지 함께했던 친구가 있었다. 찰랑찰랑한 단발머리가 잘 어울리고 웃는 모습이 상큼했던 친구였다. 선망의 대상이었고 어떤 때는 질투의 대상이었지만 나는 그 친구가 참 좋았다. 친구는 중학교 때부터 항공기 승무원이 꿈이었고 대학을 졸업함과 동시에 그 꿈을 이루었다. 당시 항공기 승무원은 여학생들이 선망하는 직업 중 하나였다. 그 친구는 친구들 사이의 자랑이기도 했지만 그 집안의 자랑이기도 했다.

하지만 친구는 아무런 흔적도 없이 죽음을 맞이했다. 항공기 사고였다. 망망대해에서 폭파한 항공기는 아무것도 남기지 않았다. 어떤 것으로 죽음을 인정해야 하는지 명확하지 않았다. 친구의 어머니는 오랜 시간이 지났음에도 아직도 딸의 죽음을 받아들이지 못하신다. 어느 날 "다녀올게"라는 말을 남기고 웃으며 집을 나섰던 딸이다. 가슴속에는 언제나 살아 있는 딸이다. 감당해야 할 그리움이 어느 정도인지 나로서는 감히 상상할 수조차 없다.

이 책을 진행하고 있을 때 가슴 아픈 '세월호' 사건이 일어났다. 어느 날 갑자기 사랑하는 이를 보내야 했던, 그것도 눈에 넣어도 아프지 않을 자식을 보내야 했던 분들의 아픔이 가슴을 아리게 한다. 내 친구 어머니의 모습과 그 분들의 모습이 겹쳐져 보였다. 미안했다. 사고라는 이름으로 묻히지 않아야 할 일들이다. 절대 잊혀서는 안 될 일들이다. 남겨진 이들이 해야 할 일은 그들의 이야기가 끝나지 않았음을, 지금도 진행되고 있음을 보여주는 것이다.

소설 속 인물들은 모두 허구의 인물들이다. 그러나 남겨진 사람들의 아픔은 진실이다.

아직 이야기는 끝나지 않았다. 푸르고 거친 바다에 젊음과 꿈을 묻은 내 친구의 이야기도, 그리고 바다 가운데 묻힌 세월호의 착한 아이들의 이야기도 영원히 탈고할 수 없는 이유다.

이 책이 누구에게는 용기가, 누구에게는 그리움이, 또 누구에게는 살아가야 하는 이유가 되길 바란다.

책이 나올 수 있도록 도와준 자음과모음의 사태희 국장님께 감사드린다.

박현숙

해리 미용실의 네버엔딩 스토리

© 박현숙, 2014

초판 1쇄 발행일 | 2014년 10월 27일
초판 3쇄 발행일 | 2020년 6월 22일

지은이 | 박현숙
펴낸이 | 정은영

펴낸곳 | (주)자음과모음
출판등록 | 2001년 11월 28일 제313-2001-259호
주 소 | 04083 서울시 마포구 성지길 54
전 화 | 편집부 (02)324-2347, 경영지원부 (02)325-6047
팩 스 | 편집부 (02)324-2348, 경영지원부 (02)2654-7696
E-mail | jamoteen@jamobook.com

ISBN 978-89-544-3106-4(43810)

잘못된 책은 교환해드립니다.
저자와의 협의하에 인지는 붙이지 않습니다.

이 도서의 국립중앙도서관 출판시도서목록(CIP)은 서지정보유통지원시스템 홈페이지
(http://seoji.nl.go.kr)와 국가자료공동목록시스템(http://www.nl.go.kr/kolisnet)에서
이용하실 수 있습니다.(CIP제어번호: CIP2014024859)